KB041027

김소현 So Hyun Sofia Kim

오페라 가수로 활동하다가 우연히 참가한 <오페라의 유령> 오디션에 합격하며 뮤지컬 배우의 길을 걷게 됐다. 2001년 12월 4일 <오페라의 유령> 한국 초연에서 크리스틴 역으로 화려하게 데뷔해, 아름다운 음색과 폭넓은 음역대, 풍부한 성량으로 주목을 받았다. 이후 <지킬 앤 하이드>, <로미오 앤 줄리엣>, <엘리자벳>, <위키드>, <명성황후>, <마리 앙투아네트> 등 굵직한 작품의 여주인공을 맡으며 대한민국 대표 뮤지컬 배우로 성장했다.

15년 동안 무대에 오를 때마다 절대 변하지 않는 점은 공연 전 느껴지는 팽팽한 긴장감이라고 말하는 천생 배우. 관객과 스스로에게 부끄럽지 않은 무대를 위해 매일매일 실전 같은 연습을 이어오고 있다.

THINK OF ME

김소현 지음

목차 / contents

prologue

처음 뮤지컬 무대에 올랐던 2001년 12월 4일,
그 밤의 벅찬 마음을 나는 여전히 잊을 수 없다.
수많은 사람들의 빛나는 눈빛과
진심어린 박수 소리를 생각하면
지금도 가슴이 설렌다.

뮤지컬 배우로 살았던 지난 15년 동안
1,500회 이상 뮤지컬 무대에 올랐다.
무대에서 울고 웃으며 많은 행복을 느꼈다.

내게 허락됐던 그 모든 무대들을
오래도록 기억하고 싶다.
그리고 기억되고 싶다.
Think of me.

2001년, 나의 첫 뮤지컬 <오페라의 유령>

JEKYLL & HYDE

지킬 앤 하이드

2004.07.24~2004.08.21
코엑스 오디토리움

2004.12.24~2005.02.14
코엑스 오디토리움

2008.11.11~2009.02.22
LG아트센터

2009.03.20~2009.03.22
대전 예술의전당

2009.04.10~2009.04.12
대구 오페라하우스

2010.11.30~2011.08.28
샤롯데씨어터

초연

1990 미국 앨리 극장(Alley Theater)에서 초연

2004 코엑스 오디토리움에서 한국 초연

작곡

프랭크 와일드혼(Frank Wildhorn)

작사

레슬리 브리커스(Leslie Bricusse)

대표곡

한때는 꿈에(Once Upon A Dream)

지금 이 순간(This Is The Moment)

당신과 같은 사람(Someone Like You)

JEKYLL & HYDE

지킬 앤 하이드

1997년 4월 브로드웨이의 플리머스 극장에서 막을 올린 뮤지컬 <지킬 앤 하이드>는 1990년 휴스턴 앨리 극장에서 초연되었던 작품을 7년에 걸쳐 완벽을 기한 후 지금의 버전으로 선보인 작품이다. 우리에겐 로버트 루이스 스티븐슨의 『지킬 박사와 하이드 씨』라는 단편소설로 친근한 작품이기도 하다.

원작이 갖는 암울한 분위기에 지킬과 엠마, 루시의 러브스토리가 가미되고 감미롭고 열정적인 넘버들이 더해지면서 이제는 원작인 소설보다 뮤지컬 <지킬 앤 하이드>를 기억하는 이들이 더 많아졌다. 뮤지컬 작품으로는 드물게 스릴러 장르에 로맨틱한 스토리가 어우러진 드라마틱한 줄거리가 돋보이며, 선과 악의 극명한 대립과 이로 인한 지킬 박사의 내적 갈등이 작품에 녹아있는 것이 특징이다.

Emma Carew

엠마 커루 역

세인트 주디 병원의 이사진인 댄버스 경의 딸이자 지킬의 약혼녀로, 지킬이 사랑하고 그런 지킬을 사랑하는 순애보의 주인공이다. 지킬과 하이드, 나아가 선과 악이라는 혼란스러운 내면의 모순에 빠진 지킬을 위로하고 자신이 사랑하는 약혼자 지킬로 돌아오길 기다리는 지고지순한 캐릭터이다.

ONCE UPON A DREAM

한때는 꿈에

이 글을 쓰는 오늘, 109개의 공연이 대한민국에서 막이 오른다고 한다. 그토록 많은 공연이 매일 관객을 맞이하고 있다는 걸 생각하면 한편으론 감사하기도 하지만 한편으론 두려운 마음이 든다.
백여 개의 공연이 무대에 오르기까지 얼마나 많은 배우들이 수많은 오디션에 도전했을까? 준비하고 도전하며 땀을 흘린 이들의 거친 숨소리가 바로 옆에서 들리는 듯한 건 나 역시 그들과 똑같이 도전하는 배우이기 때문이다.

2001년에 처음 뮤지컬 무대에 섰던 난, 어느덧 15년 차 배우가 되었다. 그동안 뮤지컬 배우라면 한 번쯤 꿈꿔봤을 역할들을 감사하게도 꽤나 많이 맡아왔다. 그래서일까? 내가 뮤지컬 작품을 맡기 위해 오디션을 본다고 하면 의아해하는 사람들이 많다.

연기와 노래, 안무까지 소화해야 하는 뮤지컬 배우는 새로운 작품에 들어가기 전에 음역부터 캐릭터까지 그 공연에 적합한 최상의 캐스팅을 위해 오디션을 거친다. 수백, 수천 명이 모이는 오디션은 항상 진행 중이다. 나 역시 500대 1의 경쟁을 통해 <오페라의 유령> 무대에 오를 수 있었고, 거의 대부분의 배우들은 오디션을 통해 무대에 오른다.
아주 극소수의 경우들을 제외하면 모든 배우들은 오디션을 보는데, 개인적으로 오디션은 반드시 거쳐야할 과정이라고 생각한다. 배우는 오디션을 준비하며 참 많은 것을 배우기 때문이다.

그동안 도전했던 수많은 오디션들 중 가장 기억에 남는 오디션을 꼽으라고 한다면, 나는 주저없이 <미스 사이공> 오디션을 꼽을 것이다. 무던히도 노력했던 오디션이었고 최종 3명까지 올라갔지만 결과는 탈락이었다. 물론 그때의 기분은 참담했다. 너무나도 간절히 원했던 배역이고 무대였기에 참으로 잔인하고 혹독한 시련이었다.
그러나 지금에 와서 돌아보니, 나는 <미스 사이공>의 킴에 어울리는 배우가 아니었다. <미스 사이공>뿐만 아니라 내가 간절히 원했으나 오르지 못했던 그 모든 무대는 내가 오를 수 없었던 당연한 이유들이 있었다고 생각한다.

무대가 소중한 배우로서 그동안 거쳐 온 오디션과 준비했던 레퍼토리들, 그리고 오디션 때마다 최선을 다했던 순간들은 나에게 보이지 않는 자산이 되었다. 또한 오디션에 떨어진 경험들은 지금 나에게 주어진 무대와 역할들이 얼마나 소중한 것인지, 그 절실함을 깨닫게 했다.
더 나은 배우로 도약하고 싶다면, 도전할 것!
도전도, 탈락도 인생에서 의미 없는 순간은 단 1초도 없으니까.

Jekyll & Hyde

첫 마음의 기억 / 엠마의 장갑과 머리핀

초연 이후 4년이라는 시간이 지났지만
다시 의상과 소품을 갖춰 입자
익숙한 느낌이 들었다.
어제 공연을 마치고 오늘 공연을 준비하는 것처럼
익숙한 설렘.

예전과 똑같은 드레스를 입고 무대에 섰지만
어쩐지 그때와는 다른 엠마가 된 것 같았다.
4년이라는 시간 동안
조금은 성장한 나를 만나서였는지도 모른다.

그래서 지금까지 간직한 엠마의 장갑과 머리핀은
'초심'과 '첫사랑'이란 단어가 떠오르는 애장품 중 하나이다.
지금이라도 장갑을 끼고, 머리핀을 하고 무대에 서면
엠마로 돌아갈 수 있을 것 같은 느낌.

act.2

TAKE ME AS I AM

당신이 나를 받아준다면

사람들에게 최고의 뮤지컬 넘버를 뽑으라고 하면, 아마 많은 사람들이 '지금 이 순간This Is The Moment'을 고르지 않을까? 어쩌면 뮤지컬 <지킬 앤 하이드>는 몰라도 '지금 이 순간'은 많은 분들이 알고 있을 것이다. 그만큼 대중적인 넘버이자 <지킬 앤 하이드>를 대표하는 곡이며, 걸출한 배우들이 불러서 더 많은 이들에게 사랑받는 대단한 넘버니까.

나 역시 <지킬 앤 하이드>를 공연할 때부터 지킬이 부르는 넘버들을 좋아했다. 내가 부를 수는 없고 언제나 내 상대 배우가 부르는 걸 듣기만 해서일까? '당신이 나를 받아준다면 Take Me As I Am'과 같은 듀엣곡을 부르며 아쉬움을 달래야 했지만, 지킬이 부르던 넘버에 반했던 기억이 지금까지 또렷하다.
특히 공연하던 무렵 나에게는 '돌아가야 할 길 The Way Back'이 베스트 넘버였

을 만큼 지킬이 부르던 넘버들을 조금은 부러워했던 것 같다. 선과 악을 오가고 괴로움과 광기에 압도된 지킬은 배우로서 참 탐나는 캐릭터이다.

무대에서 한걸음 물러나 뮤지컬을 좋아하는 사람의 입장에서 내 취향을 물어본다면, 나 역시 주저 없이 '지금 이 순간'을 꼽겠다. 물론 내가 불렀던 곡들도 모두 아끼고 좋아하지만, 뮤지컬을 사랑하는 한 사람으로서 역할에 구애받지 않고 개인적인 취향의 곡을 고른다면 단연 1순위의 곡이다.
드라마틱하고 때론 웅장하며 격정에 다다른 감정부터 작은 읊조림까지 다양한 감정을 표현할 수 있으니 얼마나 매력적인지 모른다. 게다가 '지금 이 순간'은 극에서 중요한 순간에 자신의 감정을 그대로 관객에게 전하고 표출하는 곡이기에 더 매력적으로 다가왔던 것 같다.

뮤지컬 무대 위의 배우에게 부르고 싶은 넘버를 부를 수 있는 자유는 없다. 아무리 훌륭한 배우라도 다른 배우의 넘버를 빼앗을 권한 역시 없다. '나라면 저 넘버를 어떻게 부르고 표현할까?'라는 고민만이 모든 배우에게 허락된다.
나는 이 엄격하고 어쩌면 당연한 이치가 좋다. 자신에게 허락된 넘버는 오직 나만 부를 수 있는 아주 당연한 이치. 내가 불러야하는 열 곡의 넘버보다 다른 배역의 넘버 한 곡이 욕심나더라도 그걸 빼앗을 수 없는 엄격한 법칙이 통용되는 뮤지컬이 좋다. '지금 이 순간'은 나 혼자 흥얼거리고 차 안에서 열창하며 그저 행복하게 즐기면, 그걸로 만족!

손을 내게
마음을 내게
변치않을 맹세를
당신만 나를 받아준다면
당신의 나를

- 엠마 커루

뮤지컬 <지킬 앤 하이드>는 선과 악 양면의 인격을 연기하는 지킬과 하이드에게 집중된 작품이다. 그렇게 본다면 내가 맡은 엠마 커루 역은 주인공의 로맨스를 위한 달콤한 MSG와 같은 역할로 보일 수도 있다.
줄거리와 역할만 본다면 한 작품에서 비중을 논하는 일은 참 간단할지도 모른다. 주연과 조연으로 나누고 대사 몇 줄, 넘버 몇 곡으로 판단하면 될 테니 말이다. 하지만 그렇게 대사 몇 줄, 넘버 몇 곡으로 분류할 수 없다는 점이 뮤지컬의 매력이 아닐까?

내가 맡은 엠마 커루는 지킬을 사랑하는 여인이다. 결혼을 약속했고 그 약속을 믿었으며 고통 받는 지킬을 위해서 변함없는 강인한 사랑을 보여준다. 그리고 지킬을 비웃는 이들에겐 시원한 리액션으로 재치 있게 대응할 줄 아는 여인이다. 답답한 귀족 아가씨로 치부하자면 한없이 단편적인 캐릭터겠지만 내 눈에는 사랑을 위해서라면 아버지의 뜻까지 거역할 수 있는, 그 누구보다 뜨거운 열정을 가진 캐릭터였다.

선과 악을 오가며 힘들어하는 지킬의 곁에서 그를 지지하고 사랑했던 여인. 그래서 마지막 순간 지킬이 혼신의 힘을 다해 "엠마……." 그 한마디를 불러 준 걸로 나는 이 작품이 행복했다. 엠마의 사랑과 헌신, 열정이 그 한마디로 위로받은 것 같아 지금도 가슴이 먹먹하지만 말이다.

지금 나에게 주어진
무대와 역할들이
얼마나 소중한 것인지,
그 절실함을 깨닫게 했다

curtain call

2010년 다시 엠마가 되어 무대에 서자 꽤 벅찼던 기억이 있다. 초연부터 참여했던 공연이고 350여 회 이상 무대에 오르며 앵콜 무대까지 섰던 공연이었기에 정말 많은 실수와 에피소드들이 파노라마처럼 끊임없이 떠올랐다.

당시 공연이 있던 어느 날, 여느 때와 같이 공연을 앞두고 긴장은 됐지만 컨디션은 좋은 날이었다. 모든 것이 평소와 같았고 몸의 이상 징후도 없었다. 언제나처럼 도도하게 등장해 지킬과의 약혼을 축하 받는 신 scene이었는데 혀가 이상하게 돌아갔다.
머릿속에선 분명히 대사가 떠오르는데 입에선 모든 발음이 먹히고 "왈왈왈" 소리가 났다. 정말로 큰 개가 짖듯 왈왈 소리밖에 나오지 않았다. 그야말로 첫 등장부터 "왈왈왈"이란 대사만 중얼거리다가 들어왔다. 그때의 공포스런 기억 때문에 지금도 무대가 두려운 건지 모른다. 그래서 지금까지도 제일 먼저 극장에 도착해 공연 전에 혼자 런스루 Run-through[1]를 하는 버릇이 있다.

한번은 2004년 초연 마지막 낮공연 중 노래를 시작하려는데 음향 전원이 나가버린 적이 있었다. 숨소리까지 들릴 것 같은 적막이 흘렀다. 나는 하는 수 없이 고장 난 마이크 너머로 목청껏 대사를 하려는데, 막이 내려왔다. 더 이상

---

1 공연이 시작하기 전에 처음부터 끝까지 실제 공연처럼 하는 연습

공연을 이어갈 수 없었던 모양이다. 그 공연은 음향 재정비 후 2막부터 다시 보여드렸던 기억이 있다.

또 한번은 커튼콜 때 더할 나위 없이 우아하게 고개 숙여 깊이 인사를 하려는 의도였는데 만화처럼 측면 90도로 넘어간 적이 있다. 그건 정말 넘어진 게 아니라 명랑만화처럼 옆으로 기울어지듯 넘어가버렸다. 관객들은 엠마의 아주 특별한 커튼콜 인사라고 생각해주셨을까? 제발 그러셨기를 바랄 뿐이다.

<지킬 앤 하이드>는 네 번의 앵콜 공연을 했기에 그 밖에도 수많은 에피소드가 지금도 생생하다. 상대 배우의 실수가 머릿속에 계속 남아있던 나머지 웃음이 그치지 않아 허벅지를 주먹으로 쳐가면서 공연했던 적도 있고, 극에 너무나 심취해 눈물이 앞을 가려 노래를 못 한 적도 있다. 한번은 응급실에 실려 갈 만큼 온몸이 불덩어리로 아팠는데 공연은 관객과의 약속이라며 어쩔 수 없이 끌려가듯 무대에 오르기도 했다. 결국 그 공연에 오신 관객들께 이루 말할 수 없이 수준 낮은 공연을 보여드려 오래도록 죄책감에 시달려야 했다.

지금 돌아보면 첫 <지킬 앤 하이드>는 감정 조절도 서툴렀던 초보시절에 수많은 실수와 좌절을 겪었던 작품이었다. 그래서 다시 엠마가 되는 걸 두려워했었다. 하지만 그럼에도 나를 다시 무대에 세워준 건 팬들이 불러주던 '영원한 엠마'라는 수식어였다.

유약하고 온실 속 화초 같은 귀족 아가씨 엠마지만 사실은 자신을 잃어가고 악에 잠식되어가는 지킬을 지지하며 무한한 신뢰를 보내주는 여린 듯 강한 여자였다. 그런 그녀를 마지막 순간까지 놓지 않았던 지킬처럼, 나 역시 그런 엠마를 사랑했기에 네 번이나 엠마로 돌아갈 수 있었다.

THE PHANTOM OF THE OPERA

오페라의 유령

2001.12.02~2002.06.30
LG아트센터

2009.09.23~2010.08.08
샤롯데씨어터

2010.10.21~2011.01.02
대구 계명아트센터

초연

1986 영국 허 머제스티 극장(Her Majesty's Theatre)에서 초연

2001 LG아트센터에서 한국 초연

작곡

앤드류 로이드 웨버(Andrew Lloyd Webber)

작사

찰스 하트(Charles Hart)

리차드 스틸고(Richard Stilgoe)

대표곡

생각해줘요(Think Of Me)

바람은 그것뿐(All I Ask Of You)

오페라의 유령(The Phantom Of The Opera)

THE PHANTOM OF THE OPERA

오페라의 유령

2012년 '브로드웨이 최장기 공연' 타이틀로 기네스북에 등재될 만큼 세계적인 사랑을 받은 뮤지컬 <오페라의 유령>은 <레 미제라블>, <미스 사이공>, <캣츠>와 함께 세계 4대 뮤지컬로 불린다. 런던 올리비에 어워드와 뉴욕 토니 어워드를 비롯해 전 세계에서 50여 번 이상의 수상 기록을 가진 작품이기도 하다.

뮤지컬 <오페라의 유령>은 가스통 르루 Gaston Leroux의 소설을 모티브로 세계적인 작곡가 앤드루 로이드 웨버 Andrew Lloyd Webber와 제작자 카메론 매킨토시 Cameron Mackintosh, 무대 연출의 거장 해롤드 프린스 Harold Prince의 앙상블이 완성시킨 뮤지컬이다. 1986년 영국 런던에서 초연되었으며 국내에는 2001년 12월 세계에서 14번째, 아시아에서는 일본, 홍콩, 싱가포르에 이어 4번째로 서울 LG아트센터에서 첫 무대를 올렸다.

한국에서의 공연은 100억 원대의 제작비와 7개월의 장기 공연, 새 얼굴을 찾는 대대적인 오디션으로 화제가 됐었고, 초연 7개월간 장기 공연에서 94%의 유료 객석 점유율을 기록하는 등 라이선스 뮤지컬의 성공작으로 발자취를 남겼다.

Christine Daaé

크리스틴 다에 역

파리 오페라 하우스의 발레단원이었던 크리스틴은 프리마돈나인 칼롯타가 사고와 공포로 출연을 거부하자 새로운 프리마돈나로 급부상하게 된다. 그러나 크리스틴의 노래 실력이 출중해진 이유는 미스터리한 존재, 팬텀에게 사사를 받았던 것. 오페라의 후원자인 귀족 청년 라울을 향한 사랑과 자신을 지도해준 엄격한 스승 팬텀을 향한 두려움, 이 피할 수 없는 감정의 사이에서 고뇌하는 캐릭터이다.

THINK OF ME

생각해줘요

지난 15년 동안 내가 가장 많이 부른 넘버는 <오페라의 유령> 속 크리스틴의 대표 넘버인 'Think of Me'다. 2001년 라이선스 초연인 뮤지컬 <오페라의 유령>이 나의 데뷔작이었고, 8년 후 두 번째 공연에도 출연했으며 두 번 모두 장기 공연이었다. 무대에서 부른 것만 수백 번이고, 결혼식은 물론 행사에 초청되어도 반드시 신청 받는 곡이니 나의 인생 넘버라고 해도 될 것 같다.

하지만 오디션을 통과하고 첫 무대를 마친 순간까지 'Think of Me'를 이렇게 많이 부르게 될 줄은 꿈에도 몰랐다. <오페라의 유령>이라는 대작으로 데뷔했기에 모두가 화려한 데뷔라고 말했지만, 나 같은 초보가 그 큰 공연의 주역으로 우뚝 선다는 건 말이 안 되는 일이었다. 숨 쉴 틈도 없이 연습에 연습을 더했어도 당시에 난 크리스틴 역의 '얼터'였다.

얼터네이트Alternate의 준말인 얼터란 한 배역을 두 배우가 맡는 더블 캐스트와는 달리 공연 횟수에 차등이 있는 배역이다. 처음 <오페라의 유령> 무대에 섰을 때 선배가 메인으로, 나는 얼터로 시작했다. 선배가 주 5회 공연이라면 난 3회 정도 공연을 하는 비중이랄까? 일주일로 치자면 주중 1회, 주말 2회 정도의 공연을 맡았다. 처음이기에 작품을 하면서도 끊임없이 연습하고 스스로를 단련하면서 배우는 마음으로 무대에 올랐다.

뮤지컬 배역에는 언더스터디 Understudy 도 있다. 얼터의 경우 더블 캐스트보다는 작은 비중이지만 확실하게 배역을 보장받을 수 있다. 반면, 언더스터디는 주연배우에게 불가항력 수준의 사정이 발생하지 않는다면 막을 내릴 때까지 달달 외운 대본과 넘버를 무대 위에서 단 한 번도 보여주지 못할 수도 있다.
만약 언더스터디를 맡은 앙상블 배우에게 주연의 기회가 찾아온다면 그가 맡았던 앙상블 배역을 채워주는 배우는 '스윙 swing'이라 부른다. 스윙의 경우 극 전체를 모두 외우고 어떤 앙상블의 역할도 맡을 수 있을 만큼 능숙한 베테랑 연기자가 맡는다.
물론 작품마다 얼터, 언더스터디, 스윙, 앙상블은 극의 특징에 따라 인원부터 역할까지 저마다 다르지만 공통점은 있다. 어떤 역할의 배우든 작품에 임하는 자세와 진지함은 다르지 않다는 것.

대부분 캐스팅이 끝나고 대본 리딩을 마치면 파트별 연습에 돌입한다. 각자의 대사와 넘버, 군무 등을 연습하다 보면 늘 보는 얼굴, 매일 반복되는 레퍼토리

에 지치기 마련이다. 그래서 공연이 시작되기 전 배우와 스태프들은 MT를 한 번씩 간다. 한자리에 모여 친해지자는 의미도 있고 (물론 이미 땀 흘리며 하루 10시간 이상 같이 연습하다 보면 가족같은 사이가 되지만) 소리 지르고 뛰고 춤추는 고된 연습으로 지친 몸과 마음에 '고기 비타민'이 필요해서이기도 하다.
코끝과 양 볼이 반질반질해질 때까지 잘 먹고, 웃고, 터놓고 얘기하며 기운을 차리다 보면 비로소 우린 한 배를 탄 운명 공동체가 된다. 마치 톱니바퀴처럼 모두가 자기 자리를 지키고 있어야만 맞물려 움직일 수 있는, 진짜 하나가 되는 것이다.

뮤지컬이란 참, 멋진 앙상블!

궁정의 나비효과 / 출퇴근 카드

2009년 공연 때였다. 처음 크리스틴이 된 후 8년이 흘렀고 그 시간의 간극을 관객에게 들킬까봐 조마조마한 마음으로 공연을 준비할 때, 두 번의 웃음과 함께 두 번의 깨달음을 얻은 계기가 있었다.

가장 생경했던 부분은 계약서를 읽을 때였다.
'배우들과 원만히 지낼 것'
8년간 여러 작품을 하면서 그런 계약서 조항은 처음이었다. 처음엔 '이게 뭐지?' 하는 생각에 그냥 웃어넘겼었다. 대부분의 작품에서 배우들은 함께 땀 흘리며 연습하고 무대에 오르기 때문에 끈끈한 동지애가 생겨 잘 지내기 마련이다. 하지만 어마어마한 연습 스케줄에 쫓기다 보면 예민해지거나 때론 서로에게 날을 세울 때도 있다. 가볍게 웃고 넘어갔던 계약서의 그 조항은 지방 공연까지 이어지며 1년 반이 넘어가는 장기 레이스가 되자 빛을 발했다. 오랜 시간 동안 꾸준히 무대에 오르다 보면 예기치 않은 실수도, 합이 어긋나는 순간도 찾아오기 마련. 우리 모두에게 필요한 건 서로를 이해하고 호흡을 맞춰가는 '원만한 관계'였다.

또 한번의 신선한 경험은 출퇴근 카드를 받았을 때였다. 출입문에 대면 출근시간이 딱 찍히는, 영화 속 직장인들이 사용하던 출퇴근 카드는 배우들에게 상당히 낯선 것이었다. 이는 직장인의 기분을 만끽하라는 제작사의 위트가 아니라 1분이라도 지각할 경우 벌금 3만 원씩 출연료가 차감되는 무시무시한 시스템이었다. 이 출퇴근 카드 역시 '이게 뭐지?'라는 반응이 대부분이었지만, 장기 공연이 이어지자 자연스럽게 이 시스템을 모두가 수긍하게 되었다. 한두 명의 배우가 1분, 2분, 10분, 20분 지각을 하면 보이지 않게 공연에 구멍이 생긴다.

정해진 시간에 일찍 나와 몸도 풀고 목도 풀다 보면 미연에 사고를 방지할 수 있고, 결국 더 완벽한 공연을 관객분들께 보여드릴 수 있게 된다. 출퇴근 카드는 단순한 출근도장 시스템이 아니라 긍정의 나비효과 시스템이었던 것이다. 그런 의미에서 <오페라의 유령> 출퇴근 카드는 잠시라도 느슨해지려할 때 따끔한 회초리 효과를 가져왔다. 매 공연 일찍 준비하고 모든 배우들과 잘 지내라는 무언의 효과를 말이다.

ALL I ASK OF YOU

바람은 그것뿐

요즘엔 뮤지컬 마니아가 많아져 뮤지컬 대본집을 따로 구해 스터디를 하고 공연을 보러 오는 분들도 있다. 또 브로드웨이나 웨스트엔드 등 현지 대본집을 직구로 구해 영어와 뮤지컬 공부를 병행하는 분들도 있다고 하니, 이제 그들을 단순히 팬이라 부르기 어려워진 게 사실이다.
현실이 이렇다 보니, 공연을 마칠 때마다 제야의 고수인 뮤지컬 마니아분들의 촌철살인 평가에 움츠러드는 트리플A형 배우는 그들이 고맙기도 하고 어렵기도 하다. (그래서 더! 더! 더! 열심히 하고 있습니다!)

대본 이야기로 돌아가자면, 대부분의 뮤지컬 대본은 지문과 대사만 있는 연극이나 드라마 대본과 달리 사이사이에 악보가 들어있다. 우선 대본을 받으면 전체적으로 작품 내용을 숙지하며 읽고 악보를 암기한다. 극의 흐름을 이해한 다음 내가 불러야 하는 넘버와 나를 바라보며 불러줄 상대 배우의 넘버, 앙상블 전체를 기억하는 과정이다.
그 다음 노트 한 권을 꺼낸다. 나는 매 작품을 시작할 때마다 새 노트를 준비한다. 노트에는 오직 한 작품에 대한 기록만 적어두는데, 연습과 공연을 하는 동안 느끼고 생각나는 모든 것들을 적는다.

일단 가장 먼저 노트에 전체 대사를 하나하나 손으로 옮겨 적는 것부터 시작한다. 악보와 대본이 동시에 수록되어 있는 뮤지컬 대본의 특성상 작품 전체의 흐름과 주고받는 대사를 한눈에 파악하기가 어렵기 때문에 이를 한 번에

꿰기 위해 시작한 일이었다. 그렇게 첫 작품부터 기록했던 습관이 지금까지 계속되고 있다.

대사 적는 것을 마치면 장면마다 기억해야 할 디렉션과 동선을 정리한다. 이 장면에서는 어떤 세트 옆으로 이동하고, 누구를 바라보며, 어떤 감정을 담아야하는지 하나하나 적고 주석을 단다. 중요한 부분에는 덧칠을 하고 메모까지 덧붙여가다 보면 노트가 너덜너덜해진 느낌이 들기도 한다. 어떤 작품은 노트를 네 권이나 다시 만든 적도 있는데, 노트가 완성될 때쯤 그 작품 속 역할은 온전히 내 것이 된다.

이 노트는 공연 연습 시작부터 마지막 공연날까지 내 손을 떠나지 않는다. 작품의 시공간 배경과 그 시대의 풍습, 애티튜드, 기억해야 할 역사적인 사건까지 그때그때 적어두고 외워야 하기 때문에 가방 한쪽에 반드시 갖고 다닌다.

이 노트에 대한 집착에 가까운 애착은 내가 봐도 심한 편이다. 공연 전부에 대한 기록이다 보니 작품이 끝난 후에도 소중히 여겨 잘 보관한다.

그런데 나의 첫 뮤지컬 노트이자 나만의 미니 대본인 <오페라의 유령> 노트는 현재 내게 없다. <오페라의 유령> 노트는 처음 뮤지컬을 하면서 만든 것이기에 내 모든 경험과 감정을 더욱 꼼꼼히 기록했는데 아쉽게도 분실했다. 초연 후 <오페라의 유령>를 두 번째로 맡게 됐을 때 잃어버린 노트가 얼마나 생각나던지. 지금이라도 꼭 찾고 싶은 마음이 간절하다.

당신의 얼굴, 더 이상 두렵지 않아
서글픈 건 당신의 뒤틀린 영혼

- 크리스틴 다에

대부분 닉네임이나 아이디로 사용하는 영어 이름 하나씩은 있을 것이다. 내 영문명은 Sofia Kim이다. SNS에도 Sofia Kim으로 올려놨는데, 사실 나에겐 더 친숙한 이름이 있다. 바로 '김크리'.
'크리스틴'이나 때론 '크리', 어떤 팬들은 '소현 크리'라고 불러주시기도 한다. 이런 예쁜 닉네임으로 불릴 수 있는 건 뮤지컬 <오페라의 유령>이란 작품을 만났기 때문이다.

지금도, 앞으로도 절대 잊을 수 없는 2001년 12월 4일. 내 인생 처음으로 대중 앞에 크리스틴으로 무대에 섰던 날이다. 첫 공연에서 받았던 관객들의 엄청난 박수와 무대 위의 감동은 뮤지컬을 계속해야겠다고 마음먹은 계기가 됐을 만큼 압도적이었다.
<오페라의 유령>은 내게 뮤지컬 배우라는 숙명의 직업을 처음 안겨준 작품이자 크리스틴, 혹은 크리라는 새로운 이름을 선물해준 작품이다. 그뿐인가? 나를 크리스틴이라고 불렀던 라울을 생의 동반자로 맞아들이게 한 작품이기도 하다. 이 정도면 뮤지컬 <오페라의 유령>은 내게 운명 같은 작품이라 부르기에 충분하다.

이제와 돌아보니, 그야말로 아무것도 모르는 상태로 오디션 마감 하루 전에 원서를 접수하고 천진난만하게 오페라 아리아를 준비했던 오디션부터 공연을 준비했던 기간까지, 그 모든 시간이 오랜 극기 훈련에 가까웠던 것 같다. 오디션 관계자분들이 하얀 도화지 같았던 당시 나의 모습을 보고 뽑아주셨다고 했는데 난 지나치게 아무것도 모르는 햇병아리였다.
팬텀을 통해 음악을 알게 된 크리스틴처럼, <오페라의 유령> 덕분에 난 뮤지컬을 알게 되었다. 한 남자의 크리스틴이 된 지금도, 나는 모두의 크리스틴으로 박수갈채를 받았던 2001년 12월 4일의 기억을 안고 산다.

2010년 공연 때였다. 팬텀과 크리스틴의 마지막 장면에서 사고는 일어났다. 심지어 그 장면은 추한 팬텀의 얼굴이 공개되는 극적인 장면이었다. 팬텀 내면의 악한 모습과 흥분된 모습이 표출되며 크리스틴을 내동댕이치는 장면이었는데 그때 사고가 난 것이다.

당시 드레스는 순백의 아름다운 웨딩드레스지만 19kg나 되는, 무대 의상 중 제일 무거운 의상이었다. 극 구성상 의상을 급하게 갈아입고 나가야 했기에 옷을 갈아입을 때는 5명의 스태프들이 옆에 붙어서 도와줘야만 하는 애물단지 의상이기도 했다.

나는 무거운 드레스에 끌려가듯 뒤뚱거렸고, 그날따라 합이 맞지 않아 팬텀에게 내동댕이쳐진 순간 균형을 잃고 말았다. 순간 놀란 마음에 넘어지지 않으려고 손으로 바닥을 짚었는데, 손이 바닥에 닿자마자 새끼손가락이 내 손에 더 이상 남아있지 않는 것 같은 통증이 올라왔다.

너무 아팠지만 공연은 진행 중이었고 극은 클라이맥스를 향해 가고 있었다. 손가락이 어떤 상태인지 볼 수도 없는 장면이었다. 아파서 우는 건지 크리스틴의 감정 때문에 우는 건지 모르게 펑펑 울면서 무사히 엔딩 장면을 끝내고 그제야 손을 봤는데, 다행히 손가락은 붙어있었다.
막이 내린 후 응급실로 달려갔다. 검사를 받아보니 새끼손가락이 부러져 뼛조각이 떨어져 나온 상태였다. 하지만 장기 공연 중이라 뼛조각을 붙이는 수술은 불가능했기에 그대로 둘 수밖에 없었다.

그렇게 새끼손가락은 치료 시기를 놓쳤고 그때의 부상으로 왼쪽 새끼손가락이 휘어버렸다. 아직도 새끼손가락만 보면 무대 위에서의 통증이 생각나지만, 갈 곳을 잃은 내 뼛조각이 꼭 크리스틴에게 주어진 훈장인 것 같아 뿌듯하기도 하다.

MY FAIR LADY

마이 페어 레이디

2008.08.22~2008.09.14
세종문화회관 대극장

초연

1956 미국 마크 헬링어 극장(Mark Hellinger Theatre)에서 초연

2008 세종문화회관 대극장에서 한국 초연

작곡

프레드릭 로우 (Frederick Loewe)

작사

앨런 제이 리너 (Alan Jay Lerner)

대표곡

밤새도록 춤출 수 있다면(I Could Have Danced All Night)

그럼 참 멋지겠지(Wouldn't It Be Lovely)

운이 조금만 따르면(With A Little Bit Of Luck)

MY FAIR LADY

마이 페어 레이디

소설가이자 극작가, 평론가인 조지 버나드 쇼 George Bernard Shaw가
1913년에 발표한 5막 희곡 『피그말리온 Pygmalion』을 원작으로 한 뮤지컬
<마이 페어 레이디>는 1956년 뉴욕 마크 헬링어 극장에서 초연을 올렸다.
브로드웨이 초연 당시 토니상 최우수 작품상을 비롯해 6개 부문을
수상하며 작품성을 인정받고, 1958년 런던 웨스트엔드에서도 2천 회 이상
공연된 흥행 보증작이다.

우리에겐 1964년 오드리 헵번 주연의 할리우드 영화로 더 잘 알려진
이 작품은 2008년 처음으로 한국어 공연을 관객에게 선보였다.
버나드 쇼의 원작과는 달리 앨런 제이 리너와 프레드릭 로우가 각색,
작곡한 뮤지컬 <마이 페어 레이디>는 로맨틱한 제목처럼 일라이자와
히긴스 교수의 로맨스가 부각되며 원작과는 다른 로맨틱한 해피엔딩을
암시하며 끝난다.

Eliza Doolittle

일라이자 두리틀 역

코크니 출신으로 심각한 사투리가
특징인 런던의 꽃 파는 아가씨. 거칠고
지역색 강한 말투와 매너 없는 행동을
음성학 교수인 히긴스의 개인교습을 통해
고쳐나가며 사교계의 공주로 성장하는
밝고 당당한 캐릭터이다. 그러나 히긴스가
피커링 대령과의 내기 때문에 자신을
변화시켰다는 것을 알고 상처를 받는다.
거친 성장 배경에도 불구하고 인간미
넘치는 사랑스런 여인이다.

I COULD HAVE DANCED ALL NIGHT

밤새도록 춤출 수 있다면

학생들을 가르치기 전 나는 제자들에게 엄한 선생님이기보다는 친구처럼 다정다감한 선배이자 동료가 되고 싶었다. 나 역시 완벽하게 준비된 상태에서 뮤지컬 배우가 된 게 아니었기 때문에 나보다 더 어린 나이에 시작하는 친구들에게 용기를 주고 내가 못했던 부분까지 친절하게 알려주고 싶었다.
그러나 언제나 이상과 현실은 다르기 마련. 나는 학생들에게 조금이라도 더 많은 것을 배우고 욕심내라는 잔소리에 정신 차리라는 독설까지, 학생들을 닦달하는 선생이 되어있었다.

뮤지컬학과 수업을 담당하고 있는 나는 직접 무대에 서는 배우로서 뮤지컬학과 학생들에게 발성, 발음과 같은 기본적인 부분부터 시선 처리나 손동작과 같은 세세한 부분까지 지도한다.
학기를 마칠 때면 학생들이 한 작품을 무대에 올릴 수 있도록 가르치는 실습형 수업이다 보니, 몇몇 학생들은 시험이 한 학기에 두 번씩인 다른 수업에 비해 쉬운 수업이라고 생각해 내 수업을 들어오는 경우가 있다. 그래서 '적당히 연습하고 적당히 연기하고 적당히 노래 부르면 되겠지'라고 생각하는데, 그런 학생들을 보면 답답함에 울컥 화가 난다.

바늘 구멍 같은 오디션에 합격해 작은 배역 한자리를 차지하는 것도 꿈 같은 일이 되어버린 게 우리나라 뮤지컬의 현실이다. 뮤지컬 오디션 공고 하나만 떠도 수천 명의 배우와 지망생들이 너나 할 것 없이 달려든다.
하물며 준비할 건 오죽 많은가? 탄탄한 연기는 물론 발성과 발음까지 신경 써야 하고, 거기에 수준급 노래 실력은 기본이고 노래에 감정과 연기까지 실어줘야 한다. 게다가 익혀야 할 춤의 종류도 엄청나다. 탭댄스, 발레, 현대무용 등 작품별로 요구하는 다양한 역할을 수행하려면 다양한 춤을 하나하나 배우고 익혀야 한다. 이것들을 조금씩이라도 익히려면 엄청난 에너지와 시간이 필요하다. 뮤지컬에 대한 열정이 남달라야 가능한 일이다.

현장에서 스스로 부족했던 부분에 대해 뼈저리게 통감했기 때문일까? 한창 꽃피울 나이인 열아홉, 스무 살의 학생들이 안이하게 준비하거나 의욕이 없어 보일 때면 그야말로 복장이 터진다.
"내가 너희들이면… 아이고……."
"하나라도 더! 한 곡이라도 더! 도전해야지!"
안타까운 마음에 주체할 수 없는 잔소리가 나도 모르게 튀어나오고 만다. 뮤지컬을 사랑하고 또 뮤지컬 배우가 되고 싶은 이들에게 15년간 뮤지컬에 매진한 선배가 해줄 수 있는 이야기는 단 하나다. 지금 최선을 다하라는 것.

해내야 할 것과 배워야 할 게 많은 뮤지컬 배우는 현재의 노력에 따라 앞으로의 인생이 달라질 수밖에 없다. 100점이 없는 인생이 뮤지컬 배우의 숙명이다. 다만, 무조건 열심히 하기 전에 기억해야 할 것이 하나 있다.

'목은 최대한 아끼고 몸은 최대한 많이 움직여라.'

초등학생이나 중학생 친구들에게도 뮤지컬 배우가 되려면 어떻게 준비해야 하냐는 질문을 많이 받곤 하는데, 개인적인 생각으론 노래는 고등학생 때부터 시작하는 게 좋다고 본다. 남자처럼 많이 드러나진 않지만 여자에게도 미세한 변성기가 있어 그 시기를 지나고 노래를 시작해야 안정된 소리를 낼 수 있다고 생각한다.

내 경험에 따르면 목은 소모품이기 때문에 가급적 아껴 써야한다. 대신 몸은 쓸수록 더 예뻐지고 단련되어 좋다. 춤을 어떤 종류든 장르 구분 없이 배워두면 큰 자산이 된다. 뮤지컬 배우에겐 특히.
지금 내가 스무 살이라면 밤을 새워 춤을 배우고 싶다. 세상의 모든 춤을 다 배우고 내 것으로 만들어 어떤 무대에서도 마음껏 즐기면서 춤을 출 수 있는, 그런 배우가 되고 싶다.

숙녀와 꽃 파는 계집의 차이는
겉모습이 아니라 어떤 취급을
받느냐로 결정되죠.
대령님 앞에서
전 언제나 숙녀일 겁니다.

– 일라이자 두리틀

달콤 쌉싸름한 유혹 / 일라이자의 초콜릿

꽃 파는 아가씨였던 일라이자가
어떻게 히긴스 박사의 제안에 넘어가게 됐을까?
그건 바로 이 먹음직스러운 초콜릿 때문이었다.
달콤하게 사르르 녹는 초콜릿은
거리의 인생이었던 일라이자를 유혹하기에
최적의 미끼가 아니었을까?

과도한 훈련에 일탈하려는 일라이자를
때마다 붙잡을 수 있었던 것도 바로 이 초콜릿이었다.
아, 달콤한 것에 약한 여자의 운명이여.
나 역시 공연 때마다 이 달콤한 유혹을 이기지 못할 때가 많다.

WOULDN'T IT BE LOVELY

그럼 참 멋지겠지

데뷔 이후 맡아왔던 배역들엔 공통점이 있었다. 순수하고 지고지순한 여성스러운 아가씨가 나를 대표하는 이미지였다. 공연 후 나를 한 번이라도 본 팬들은 나의 본 모습과 무대 위 모습의 간극을 눈치챘겠지만, 무대 위의 모습만 본 관객들은 <마이 페어 레이디>의 일라이자를 낯설게 느꼈을 것이다.
사실 가슴 아프게도 나를 그저 다소곳한 귀족 아가씨로만 상상했던 한 청년 팬은 나의 본모습에 환상이 깨진 듯 눈물을 흘리며 돌아선 적도 있다.

한번은 무대 위가 아닌 다른 곳에서 나의 푼수 같은 모습을 들킨 적이 있다. 바로 제14회 한국 뮤지컬 대상 시상식장에서.
그 자리가 어떤 자리인가? 뮤지컬에 종사하는 수많은 동료들과 스태프들이 모두 모인 자리이며, (사실 동료들이야 나의 어리숙한 모습에 익숙하겠지만)

심지어 TV로 많은 분들께 현장이 고스란히 중계되는 자리였다.
그때의 영상을 보면 지금도 부끄러워진다. 기대하지 않았던 수상에 놀라 토끼 눈을 뜨고 드레스라곤 처음 입은 사람처럼 뒤뚱뒤뚱 걸어 나가서, 수상소감도 더듬더듬, 느닷없이 시집 안 가고 뮤지컬을 더 해야겠다는 둥 정말 말 그대로 횡설수설의 향연이었다.
그도 그럴 수밖에 없었던 것이 일말의 기대 없이 동료들을 축하해주러 갔던 자리였다. 드레스까지 차려입었으면서, 하고 의심하신다면 당시 스타일리스트를 했던 친구가 원피스 하나 입고 시상식을 가는 건 예의가 아니라며 야단쳐준 덕분에 드레스라도 차려입은 것이다. 그렇게 시상식에 참석했으니 수상소감 같은 것을 준비했을 리 없지 않은가?

하지만 천만다행인 건 존경하는 윤복희 선생님이 시상자로 나오셔서 의지할 수 있었다는 점이다. <마이 페어 레이디>에 함께 출연하며 더 가까워진 선생님은 내게 뮤지컬 선배로서도 삶의 선배로서도 정신적 지주이시다.
<마이 페어 레이디>의 엄청난 대사와 연습량에 하루하루 힘들게 버틸 때도 일라이자 역을 제대로 못 하면 지구를 떠나버리라는 다정한 협박을 해주시던 선생님이 건네주셔서일까? 아직은 내 몫이 아닐 것 같은 큰 상도 감사한 마음으로 받을 수 있었다.

여우주연상 트로피를 손에 쥐자 마치 허가증을 받은 느낌이 들었다. 당시 나는 뮤지컬이라는 울타리 안에서 동료들과 함께 연습하고 함께 공연하고 있어도 왠지 혼자 울타리 밖에 있는 것 같았다. 성악 전공자가 많지 않았던 시절에 뮤지컬에 입문했고, 성악과 출신들은 연기가 약하다는 편견 때문이었는지 스스로 위축돼 유리로 된 벽으로 나뉜 듯한 느낌을 때때로 받았었다. 그런 나에게 여우주연상은 울타리 안으로 들어와도 된다고 건네준 출입허가증 같았다. 스스로는 너무 빨리 받은 상이라 부담스러웠고 거둬달라는 말이 절로 나왔지만, 덕분에 그동안 느끼지 못했던 소속감을 느끼게 되자 수상의 부담은 점점 기쁨으로 변했다.

당시 나는 배우로서 엄청난 슬럼프에 빠져있었다. 크리스틴, 엠마, 롯데 등 비슷한 역할을 자주 하다 보니 공주 역할 전문 배우라는 꼬리표도 따라다녔다.

연기 변신을 위해 수많은 도전을 했으나 팬들과 동료들이 기억하는 건 여전히 크리스틴, 엠마, 롯데 김소현이었다. '이렇게 한정된 이미지에 갇힌 채 뮤지컬을 계속 해도 좋을까?'라는 고민으로 불면증에 시달릴 만큼 심각한 수렁에 빠져있던 나에게 트로피는 위로와 치유의 메시지 같았다.

2008년 수상 이후 나는 무대에 오르기 전 스스로에게 하는 다짐 같은, 일종의 주문을 거는 습관이 생겼다.

'욕심내지 말자!
욕심내지 말고 이 순간 온전한 배역이 되어 무대에서 행복하게 즐기자!'

욕심을 버리고 무대에 오르는 순간, 나는 가장 행복한 배우가 된다. 그리고 그 순간, 나를 이 자리에 서있게 해준 어제와 오늘 그리고 내일의 관객들에게 얼마나 감사한지 모른다.

뮤지컬 <마이 페어 레이디>의 한국 초연이 알려지자마자 나는 앞뒤 따질 것 없이 바로 오디션에 참가했다. 오드리 헵번이 나왔던 클래식 무비에 대한 로망도 있었지만, 1950년대에 나왔던 이 좋은 작품을 52년 만에 우리나라 무대에 올리는 것이었기에 꼭 참여하고 싶었다.
좋은 작품, 익숙한 넘버도 매력적이었지만 일라이자 두리틀이란 캐릭터는 정말 도전해보고 싶은 배역이었다. 당시 나에게 꼬리표처럼 따라다니던 <오페라의 유령>의 크리스틴과 <지킬 앤 하이드>의 엠마에 대한 이미지를 벗을 수 있는 기회였다. 그래서 거리의 거친 여자, 막말도 서슴없이 하고 예의라곤 찾아볼 수 없는 행동이 몸에 밴 일라이자 역을 누구보다 자연스럽게 연기해보고 싶은 마음이 있었다.

감사하게도 오디션을 통과하고 초연 무대에 오르는 행운이 찾아왔다. 원하는 작품의 선택을 받았으니 난 완벽한 일라이자의 모습을 보일 일만 남았다.
관객들에게는 오래된 영화 속 아름다운 오드리 헵번이 일라이자에 대한 전부일 텐데 '내가 연기하는 일라이자는 어떻게 보일까?', '일라이자는 어떤 여자일까?'를 고민하다가 원작부터 각색 대본을 여러 번 읽으며 그녀의 인생을 적어봤다.
식당에서 서빙하는 엄마와 청소하던 아빠 사이에서 태어난 여자아이. 세 살에 엄마를 여의고 알코올 중독자가 되어버린 아버지 밑에서 자라게 된다면 얼마나 많은 결핍을 느끼며 자랐을까? 다른 아이들처럼 학교에 다니고 싶어 거리

에서 꽃을 파는 일라이자에게 세상은 얼마나 가혹했을까?

길거리에서 꽃을 팔기 위해선 때론 싸움도 해야 하고 거친 주정뱅이들이 얕잡아 보지 않게 스스로 강해져야 했을 것이다. 목소리는 커질 수밖에 없고 때때로 막무가내인 행동이 스스로를 보호하는 유일한 방법이었겠지.
캐릭터의 자서전을 써가듯 일라이자의 일생을 그리다 보니 그녀의 거친 입담도, 털털하다 못해 방자한 태도도 이해가 됐다. 그녀의 인생을 하나하나 적어가며 일라이자가 되어갔던 그때를 생각하니 짧았던 공연 기간이 문득 아쉬워진다.

욕심을 버리고
무대에 오르는 순간,
나는 가장 행복한
배우가 된다

"재 소현이 아니야?"
"소현이 아니구나. 얘는 언제 나온대?"

중학교 동창들이 <마이 페어 레이디>를 보러왔을 때 나를 못 알아봤다고 했다. 친구들도 살짝 속았다니 왠지 기뻤다. 하긴 어린 시절의 나를 생각하면 일라이자 역은 상상할 수도 없는 변신이었다. 어릴 적 나는 소심하고 내성적인 데다가 세상 모든 것에 부끄럽고 수줍었던 학생이었다. 낯가리지 않고 얘기할 수 있는 상대는 많지 않았다.

그런 내가 관객과 직접 만나는 뮤지컬 배우가 됐다는 것 자체가 친구들에겐 놀라움이었다. 심지어 거친 거리의 처녀 일라이자 역을 맡았을 것이라고는 더더욱 생각하지 못했을 것이다.
기존의 이미지에서 변신을 꾀한 내 역할만큼 작품 속 일라이자의 드라마틱한 캐릭터 변화도 <마이 페어 레이디>의 관람 포인트였는데, 1막에서 거친 왈가닥이었던 일라이자가 2막이 되면 우아한 숙녀로 탈바꿈하는 묘미가 있다.

<마이 페어 레이디>는 대사량이 기존의 뮤지컬에 비해 3~4배 많았기 때문에 배우들에게도 도전이었고, 많아진 대사만큼 상대적으로 넘버가 줄어든 느낌 때문에 관객들도 극을 보고 당황했다는 평이 많았다. 그럼에도 불구하고 <마이 페어 레이디>가 즐거운 공연일 수 있었던 건 하프 연주까지 들을 수 있는

생동감 넘쳤던 오케스트라 연주 덕분이었다. 게다가 코벤트 가든을 그대로 옮겨놓은 듯 화려한 회전무대가 세종문화회관의 규모와 잘 어울려 무도회 장면에서 관객들이 많은 박수를 보내주셨다.

그중에서도 가장 마음에 들었던 세트는 히긴스 교수의 서재다. 영화에서처럼 높은 책장을 오르내리는 사다리와 복층 계단, 그리고 온통 책에 둘러싸인 세트가 웅장하면서도 멋있었다. 원작에서 보여준 영문 대사의 묘미를 100% 살릴 수 없었던 번역극의 한계는 아쉬웠지만, 화려하고 디테일이 남달랐던 무대는 압권이었다. '앙코르encore'를 외치고 싶을 만큼!

뮤지컬을 만드는 사람들

한 편의 뮤지컬이 무대에 오르기까지 공연 안팎에서 수고하는 이들은 우리가 생각하는 것보다 훨씬 많다. 그들이 모두 자기 몫을 해내야만 한 편의 뮤지컬이 완성된다. 이 책에서 그들을 모두 설명하진 못하지만, 내가 섰던 모든 무대에서 만난 한 사람, 한 사람의 수고를 잊은 건 아니라고 전하고 싶다.

크리에이티브팀 Creative Team

작가

창작극의 경우 극작가는 대본을 집필하는 작업부터 시나리오 작업을 진행하고, 소설이나 기타 원작이 있는 뮤지컬의 경우에는 뮤지컬에 맞게 작품을 각색하는 업무를 진행한다. 또한 라이선스 작품의 경우 번역된 원작을 각색하기도 한다. 뮤지컬 시나리오 작업이 다른 시나리오와 작업과 다른 점이 있다면, 극을 집필하면서 음악과의 조화는 물론 각 넘버의 가사까지 함께 고려해야 한다는 점을 들 수 있다.

작곡가

작품 전체를 지배하는 음악의 분위기뿐만 아니라 극에 들어가는 넘버들을 만드는 작업을 한다. 극의 상황들이 음악과 조화롭게 어울릴 수 있도록 각 캐릭터와 장면별로 음악을 만드는데, 장르의 특성상 음악의 비중이 크기 때문에 작곡가의 역량이 아주 중요하다.

작사가

시나리오 구성에 맞게 넘버에 가사를 붙이는 작업을 한다. 시나리오 작가가 대본과 함께 미리 작성한 넘버 가사를 연출가나 작곡가의 의견에 따라 수정하기도 하고, 기존 가사와 전혀 다른 새로운 가사나 새롭게 추가되는 넘버의 가사를 쓰기도 한다.

프로덕션팀 Production Team

연출가

전 스태프를 이끌며 작품에 숨을 불어넣는 역할을 한다. 연기와 안무, 극작 등 작품 전체를 아우르는 안목으로 극작가와 작곡가, 작사가가 완성한 대본과 음악을 배우가 어떻게 연기하고 노래할지 기획한다. 같은 작품이더라도 연출에 따라 대본에 대한 해석이나 작품의 느낌이 달라지기도 한다.

음악감독

배우들이 불러야 할 넘버를 점검하고 곡을 연주하는 오케스트라, 또는 밴드 단원을 뽑아 연주를 지휘한다. 작품에 따라 편곡이나 프로듀싱 작업도 진행하며, 공연이 시작되면 무대 위의 배우와 오케스트라 단원 및 스태프까지 모두를 통솔하며 지휘한다.

안무가

브로드웨이 초창기 뮤지컬 연출가들은 안무가 출신이 많았다. 그만큼 뮤지컬에서 안무는 노래와 연기만큼 극을 이끄는 중요한 매개체다. 뮤지컬 안무가는 극에 대한 기본적인 이해는 물론 다양한 장르를 소화할 수 있어야 한다.

무대 디자이너

무대 위에 또 하나의 우주를 설계하는 직업이 바로 무대 디자이너다. 한정된 공간 안에서 배우들이 연기에 온전히 몰입할 수 있도록 극의 배경에 맞춰 안전하고 아름다운 세트를 만든다. 무대 디자이너는 공간 아티스트이자 장면(scene)을 디자인하는 직업이다.

의상 디자이너

보통의 패션 디자이너가 트렌드를 반영해 스타일과 브랜드를 창조한다면, 뮤지컬 의상 디자이너는 연출, 무대, 조명, 안무 등을 고려해 작품의 이해를 기반으로 의상 디자인을 진행한다. 극의 시공간적 배경을 가장 잘 이해해야 하며, 배우들의 움직임과 장면 전환까지 고려해야 한다.

음향 디자이너

작품에 맞는 음악을 이미지화 하여 무대 음향을 구현하며 관객에게 가장 좋은 소리를 전달하기 위해 다양한 이펙트와 배우들의 핀 마이크 상태 등을 파악한다. 또한 극장 환경, 관객 수 등 다양한 외부환경에 맞춰 음향을 컨트롤한다.

조명 디자이너

조명 감독이 극장에 상주하는 조명 담당 기술자라면, 조명 디자이너는 작품 콘셉트를 잡아 빛을 디자인하는 직업이다. 컬러와 각도에 따라 전혀 다른 효과를 줄 수 있는 조명의 특성을 이해하고 빛에 따라 다양하게 변하는 무대를 만들어 극의 상황을 극대화시킨다.

운영팀 Management Team

프로듀서(제작자)

뮤지컬 프로듀서는 뮤지컬의 제작 전 과정을 컨트롤하며 작품의 창작부터 공연의 마무리까지 극단 전체를 이끄는 수장이다. 제작을 위한 자본 수급부터 창작 과정에 대한 이해와 무대연출, 연기, 음악을 비롯한 모든 분야에 대한 지식이 뒷받침되어야 한다.

홍보

공연이 시작되기 수개월 전부터 온라인과 오프라인 홍보를 시작한다. 온오프라인을 통해 티켓팅과 광고를 진행하며, 캐스팅이 정해진 시기에 맞춰 다양한 매체와의 인터뷰를 통해 작품에 대한 홍보를 진행한다.

마케팅

다양한 스폰서의 협찬과 기업들과의 협약을 통해 작품의 티켓 판매와 직결되는 마케팅 업무를 맡는다. 홍보와 연결하여 고객이 원하는 작품의 전방위적 마켓을 형성하는 업무를 진행한다.

프로덕션 지원팀

배우, 스태프들이 각자 맡은 바 업무를 원활하게 수행하도록 담당 매니저들을 두어 공연에 집중할 수 있는 환경을 조성한다.

MOZART!

모차르트!

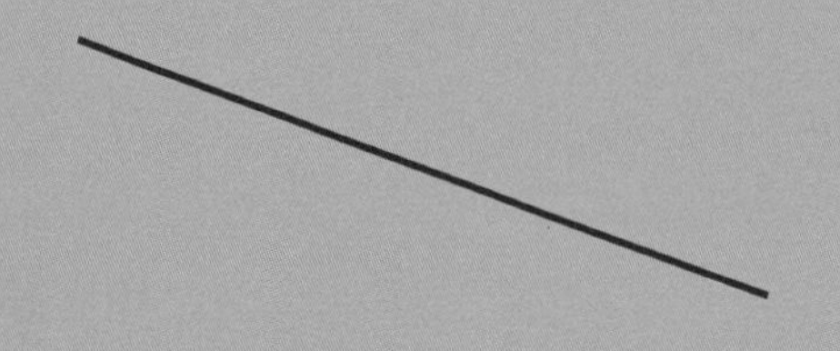

2016.06.10~2016.08.07
세종문화회관 대극장

2016.08.20~2016.08.21
대구 계명아트센터

2016.08.27~2016.08.28
광주 문화예술회관 대극장

2016.09.03~2016.09.04
김해 문화의전당 마루홀

초연

1999 오스트리아 테어터 안데어 빈(Theater an der Wien)에서 초연

2010 세종문화회관 대극장에서 한국 초연

작곡

실베스터 르베이(Sylvester Levay)

작사

미하엘 쿤체(Michael Kunze)

대표곡

황금별(Gold von den Sternen)

내 운명 피하고 싶어(Wie wird man seinen Schatten los?)

사랑하면 서로를 알 수가 있어(Dich Kennen heißt dich Lieben)

MOZART!

모차르트!

실베스터 르베이와 미하엘 쿤체의 뮤지컬 <모차르트!>는 2010년 국내 초연 이후 2년에 한 번씩 꾸준히 무대에 오르며 관객들의 사랑을 받아온 작품이다. 2016년 뮤지컬 <모차르트!>는 기존 작품에 새로운 연출과 각색을 가미해 변화를 주었는데, 일본에서 성공적으로 뮤지컬 <모차르트!>를 연출한 코이케 슈이치로의 가세로 한층 완성된 무대를 선보였다는 평을 받았다.

영화 <아마데우스>에 익숙한 관객들에게 뮤지컬 <모차르트!>는 살리에르가 아닌 자신의 천재성과 대립하는 모차르트의 고뇌를 그려내 더 많은 공감을 자아냈다. 또한 드레드락Dreadlocks 헤어스타일에 데님을 입은 모차르트의 친근하고 자유로운 모습은 더 큰 호응을 이끌어냈다.

BARONIN VON WALDSTATTEN

발트슈테텐 남작부인 역

볼프강 모차르트의 천부적인 재능을 알아보고 그의 재능에 날개를 달아주는 모차르트의 든든한 후원자이다. 빈의 상류층 귀족인 남작부인은 모차르트가 자유롭게 음악에 몰두할 수 있도록 기회를 마련해주며, 모차르트에 대한 끝없는 믿음과 격려, 신뢰를 보낸다.

GOLD VON DEN STERNEN

황금별

뮤지컬 <모차르트!>를 하면서 '재능'에 대한 생각을 많이 했다. 극소수지만 정말 대단한 재능을 가지고 태어난, 마치 모차르트 같은 사람이 있다. 그러나 자신의 재능을 깨닫지 못하거나 그 재능을 찾고 일깨워주는 후원자를 만나지 못한다면 소중한 재능은 묻혀버리기도 한다. 반대로 이를 나쁘게 이용하려는 이들에게 재능을 들킨다면 오히려 더 큰 파멸에 이를 수도 있다.
반면, 타고난 재능보다 더 간절한 염원과 열정, 재능을 이길 만한 성실함으로 자기가 맡은 바 최선을 다하는 이들도 있다. 그들은 천재보다 더딜지 모르지만 한 걸음 한 걸음 성취감을 느끼며 정상을 향해 도전한다.

어떤 분야보다 많은 재능을 필요로 하는 뮤지컬을 하다 보니, 이런 천재와 노력가들을 직접 보는 기회가 많았다.

다른 분야는 어떤지 모르겠지만 뮤지컬 분야만큼은 재능을 타고난 천재든 성실한 노력가든 무대에 오르기 위해서는 땀을 흘려야 한다. 이런 공평함이 개인적으로 참 다행이라고 생각한다. 타고난 뮤지컬 배우는 아니지만, 15년간 노력과 열정으로 버텨온 나에게는 그렇다.

아직도 나는 무대 위에서도, 무대 뒤에서도 언제나 사시나무처럼 떨고 가슴 졸이는 배우다. 노래를 부르며 곡에 감정을 담아내는 것은 자신 있지만, 대사와 몸짓, 작은 움직임에 그 모든 걸 담아내는 건 여전히 쉽지 않은 것 같다.
타고난 천재적 재능이 없다면 '노력' 말고 무슨 답이 필요할까? 연기의 모차르트가 아닌 난, 그 인물이 되기 위해 나의 생각과 마음, 현실의 나란 존재를 내려놓기 위해 노력한다. 그리고 진심으로 내가 연기해야 할 캐릭터와 마주한다.
온전히 그 캐릭터로 감정의 변화를 느끼지 못한다면 천하의 울보인 나도 눈물 한 방울 나오지 않는다.

어떤 감정이든 바로바로 표현할 수 있는 타고난 연기자들을 보면 지금도 놀라움에 입을 다물지 못한다. 지금도 나는 진심이 아니면 대사 한마디도 제대로 나오지 않으니, 어떻게 그들이 부럽지 않겠는가?
마치 머리와 가슴에 수십 개의 캐릭터를 갖고 있는 듯 척척 꺼내 그 캐릭터의 옷을 입는 이들이 물론 부럽지만, 그들은 다만 모차르트일 뿐이다. 그 재능을 타고나지 않은 내가 그들의 재능을 부러워하고 따라하려고 한다면 그건 욕심이다.

재능보다 노력으로 무대를 준비하는 내가 지치지 않고 지금까지 뮤지컬 배우로 활동할 수 있었던 건 날 믿어주는 사람들의 응원 덕분이었다. 뮤지컬의 M도 모르는 내가 뮤지컬을 시작한다고 했을 때, 이를 환영하며 전폭적인 지원을 해준 사람은 거의 없었다.

해맑은 자신감만으로 뮤지컬을 향해 돌진하는 나에게 가장 먼저 묵묵한 지원을 보내준 건 아빠였다. 성급한 결정일 수도, 무모한 선택일 수도 있는 딸의 도전을 지켜보던 아빠는 내게 스크랩북 한 권을 건네주셨다. 그동안 내가 했던 공연들을 정리한 스크랩북이었다. 무언의 응원, 따뜻한 격려, 묵직한 책임감 그 모든 것이 담겨있는 스크랩북이 나를 이끈 황금별이었다.

디테일의 완성 / 남작부인의 목걸이

발트슈테텐 남작부인은 모차르트의 후원자이자 엄청난 부를 가진 귀족이었기에 화려함은 그녀의 상징이었다. 그런 남작부인의 부(富)를 상징한 소품이 바로 이 치렁치렁한 목걸이다.
남작부인의 목걸이는 다른 어떤 목걸이보다 무거웠는데, 문제는 무게보다 심각했던 알레르기였다. 목걸이만 하면 빨간 발진이 올라왔다. 그래서 알레르기 반응이 없는 비슷한 디자인의 다른 목걸이로 바꿔도 보고, 목걸이 대신 다른 소품으로 꾸며도 봤지만, 전체적인 남작부인의 분위기와 잘 어울리지 않았다.

그때 깨닫게 된 사실 하나.
의상과 무대, 그리고 캐릭터의 조화를 완성하는 데에는 작은 소품 하나도 그냥 들어간 것이 없다는 것이다. 배우가 무대 위에서 걸치는 모든 소품 하나하나는 캐스팅이 시작되기 전 이미 밑그림이 그려진다. 극에 맞게, 캐릭터에 맞게, 전체 무대에 어울리게.
우리들은 모르고 있었지만, 이 디자인들은 무엇 하나 조화롭지 않은 게 없으며 무대 위 어느 작은 소품하나 허투루 볼 것이 없다는 것을 새삼 깨달았다.

세상에는 많은 직업이 있다. 모두가 각자의 자리에서 자기 몫을 일하고, 또 시간이 지나면 그 일을 얼마나 잘했는지 평가를 받는다. 뮤지컬 배우 역시 제 역할에 최선을 다하고 관객에게 평가를 받는다.
다만, 여느 직업과는 달리 현장에서 바로바로 관객들의 호흡과 눈빛, 박수 소리로 실시간 평가를 받는다는 것이 다른 점이랄까? 그래서 커튼콜 시간은 무대를 마친 후 관객들과 갖는 기분 좋은 소통 시간이기도 하지만, 3시간 가까이 보여드린 연기, 노래, 춤을 박수와 환호로 평가받는 기분이 들 때도 있다.

스스로도 만족할 만큼 그날의 무대가 좋았다면, 커튼콜은 열광과 환희의 시간이 된다. 3시간 동안 무대 위에서 나와 동료 배우들이 보낸 에너지를 관객들이 기꺼이 받아 열렬한 박수로 돌려주시니 벅찰 수밖에 없다. 그럴 때는 3시간 동안 상대방에게 구애를 하다가 지치려는 순간 긍정의 대답을 들은 것처럼 기쁘다. 무대 위의 배우는 관객의 사랑을 먹고 산다는 걸 매일 무대를 통해 느낀다.

하지만 연기가 마음에 들지 않았을 때, 배우는 커튼콜이 가시방석처럼 느껴진다. 3시간 동안 부른 노래와 연기가 관객에게 충분히 전달되지 않고 일방적으로 나만 얘기한 것 같은 기분이 들기 때문이다. 그럼에도 불구하고 마음 넓은 관객분들은 환호와 박수를 보내주시는데, 마치 시험을 망친 학생에게 보내주시는 격려와 같이 느껴지곤 한다.

관객에게 좋은 기운을 전하고, 멋진 무대를 보여드려야 하는 배우라는 직업. 우리가 가진 재능과 역량의 100%를 무대에서 풀어놓아도 관객에게 닿는 건 50%밖에 안 된다는 것을 알고 있다. 그래서 젖 먹던 힘까지 끌어올려 무대에서는 항상 내가 가진 능력의 200%를 보여드리려고 노력한다.

그렇게 내 능력 이상의 모습을 보여드린다면 반짝이는 눈망울의 관객에게 100%의 감동이 닿지 않을까? 그때의 커튼콜은 칭찬을 받아도 부끄럽지 않을 만한 성적표일 것이다.

공연 내내 단 한 곡의 넘버만 부르는 배역인데, 이렇게 압도적인 캐릭터가 또 있을까? 뮤지컬 <모차르트!>의 발트슈테텐 남작부인은 지금까지 내가 연기했던 어떤 역할보다 대사나 넘버 분량이 적었다.

그동안 수많은 무대에 오르면서 의상이나 헤어를 바꾸는 것조차 초치기를 해야 할 만큼 거의 모든 장면에 등장하는 역할도 맡아봤고, 넘쳐나는 대사로 머리에 쥐가 나던 작품도 해봤지만, 남작부인처럼 '황금별'이란 단 한 곡으로 좌중을 주목시켰던 기억은 없었다. 그래서인지 작품 들어가기 전부터 '김소현의 '황금별'은 어떤지 들어보자' 하는 마음으로 주목하는 분들이 많아 그 한 곡이 주는 스트레스가 엄청났다.

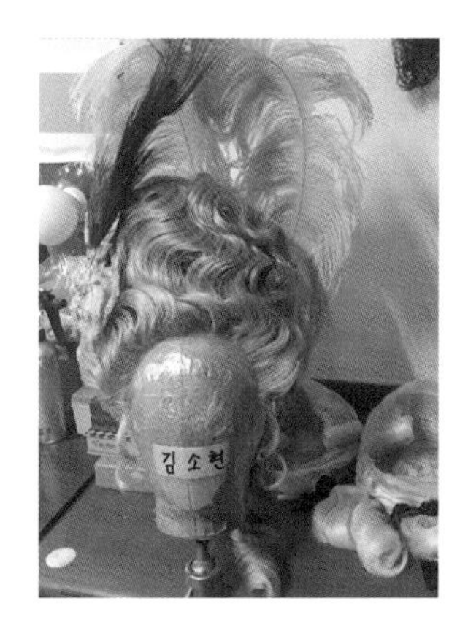

막상 작품을 시작하니 실질적인 스트레스는 '발'로 왔다. 높은 구두를 신고 무거운 가발에 드레스를 입고 계단을 계속 오르내려야 했기 때문이다. 그래서 뮤지컬 <모차르트!>는 무대에 오르는 순간부터 모든 순간이 발끝에 집중됐다. 신분 높은 남작부인인 만큼 엄청나게 높은 가체를 쓰고 계단을 끝없이 오르내리다 보면 발이 욱신거렸다.

드레스 속에 욱신거리는 발을 숨긴 채 모차르트에게 온화한 미소로 황금별을 찾아 떠나라고 하는 남작부인 역은 내게 배우로서 엄청난 깨달음을 준 역할이기도 하다. 지금까지 내가 섰던 무대는 세 시간 가까이 오롯이 작품 속에 빠져 잠깐의 휴식도 없던 역할이 대부분이었다. 비중의 문제가 아니라 극에 대한 몰입도가 한눈 팔 사이 없이 온전히 캐릭터에 녹아들었던 무대를 서왔다는 이야기다.
그러나 이번 뮤지컬 <모차르트!>는 극에서 중요한 넘버 한 곡만 부르는 역할이었기에, 공연 시간 내내 차례를 기다리며 캐릭터에 대한 긴장을 늦출 틈이 없었다. 한동안은 그런 기다림의 시간이 낯설고 적응하기가 힘들었지만, '어떤 역할을 맡더라도 공연 3시간 동안 매 순간 깨어있어야 한다'는 너무도 당연한 초심을 다시금 돌이켜 보게 한 시간이었다.

MARIE ANTOINETTE

마리 앙투아네트

2014.11.01~2015.02.08
샤롯데씨어터

2015.02.28~2015.03.01
대전 예술의전당 아트홀

2015.03.07~2015.03.08
대구 계명아트센터

2015.03.14~2015.03.15
김해 문화의전당 마루홀

초연

2006 일본 제국극장에서 초연
2014 샤롯데씨어터에서 한국 초연

작곡

실베스터 르베이(Sylvester Levay)

작사

미하엘 쿤체(Michael Kunze)

대표곡

내가 숨 쉴 곳(All I Do)
최고의 여자(The One You See In Me)
난 최고니까(I'm The Best)

MARIE ANTOINETTE

마리 앙투아네트

어느 시대보다 화려했던 18세기 프랑스, 루이 16세가 재임했던 그 시절.
베르사유의 안주인이었던 마리 앙투아네트의 드라마틱한 삶과 몰락을
하층민 마그리드의 고단한 삶에 비춰 그려낸 뮤지컬이다.
18세기 프랑스의 베르사유를 완벽 재현한 무대, 화려한 의상과 더불어
<모차르트!>, <엘리자벳>, <레베카>를 연이어 성공적으로 선보인
실베스터 르베이와 미하엘 쿤체의 신작이다.

일본에서 제작해 독일 무대에 오른 이 작품은 국내 실력파 제작진이
3년간의 치밀한 준비기간을 거쳐 한국 무대에서만 9곡의 넘버를 추가해
전 세계에서 가장 풍성한 레퍼토리로 공연된 2014년 최고의 기대작이자
성공작이었다.

Marie Antoinette

마리 앙투아네트 역

자신이 왕비가 될 줄 몰랐던 열 네 살의 마리 앙투아네트는 어린 나이에 루이 16세와의 정략결혼으로 프랑스로 보내진다. 태어나면서부터 궁전에서 자라 결혼 후에도 프랑스의 궁전에서만 생활했던 그녀는 궁전 밖의 세상을 알 수 없었다. 티 없이 순수한 어린 마리 앙투아네트는 루이 16세와 함께 왕위에 오르지만 끝내 모든 걸 잃고 단두대의 이슬로 생을 마친다.

어느 날 육아도, 공연도 없이 스케줄이 완벽하게 비워진다면 하루를 어떻게 보낼 것인지 묻는 질문에 당황하고 말았다. 대개 공연 기간에는 공연을 중심으로 하루가 빡빡한 스케줄로 움직인다. 무대에 오르기 전 컨디션 조절을 위해 극장에 일찍 출근하고 밤늦게 공연을 마치고 오면 가끔은 다음날이 되어 있기도 한다. 피로감에 쓰러지듯 잠들어 다음날이 되면 오전에는 가사와 육아, 그리고 다시 극장으로 출근이다.

공연 기간이 아니어도 다를 건 없다. 다음 작품 연습이 하루에 12시간씩 있으니 개인 시간을 내기가 어려운 건 마찬가지다.
공연과 공연 사이 잠깐 틈이 생긴다고 해도 그동안 미뤄왔던 콘서트와 TV 프로그램 출연 등 공연이 끝나기만을 기다렸던 스케줄들이 나를 기다리고 있다. 갈수록 마음의 여유나 생각을 가질 만한 시간을 갖기가 점점 더 힘들어 지는 것 같다.

결혼 전의 나는 어땠을까? 아무리 돌아봐도 그때 역시 여유롭게 나를 위한 시간을 보낸 기억이 없다. 뮤지컬뿐만 아니라 연극에 방송까지 숨 돌릴 틈 없이 다가올 내일을 준비해야 했다. 경차에 몸을 싣고 전국을 돌며 지방 공연부터 작은 무대까지 쉬지 않고 무대에 올랐다.
뮤지컬이 좋았고 동료들이 전부였으며, 연습에 연습을 하지 않으면 내 배역은 재능 넘치는 다른 배우들의 몫이 되어버릴 것만 같았다. 차분하게 여유를 갖고 막이 오르면 무대에 올라가는 여배우의 우아한 일상 같은 건 나와는 거리가 먼 얘기였다.

공연 기간 동안 나의 일과는 이른 출근으로 시작한다. 조금 유난스런 내 부지런함을 성실하고 근면한 성격 때문이라고 말하고 싶지만, 사실은 무대를 앞두고 늘 긴장하는 성격 때문이다. 공연이 있는 날은 무엇을 해도 하루 종일 긴장을 늦출 수 없으니 차라리 공연장에 가있는 게 오히려 편하게 느껴져 출근이 자연스레 빨라지는 것이다.
15년을 무대에 오르면서도 변하지 않는 점이 있다면, 공연 전 온몸이 간지러운 듯 팽팽하게 느껴지는 긴장감이다. 이 긴장감을 뭐라고 표현해야 할까? 무대에 오르면 갑자기 대사도 가사도 아무것도 기억나지 않을 것 같은 불안함, 마치 기억상실이 온 듯 모든 것들이 희미해질 것 같은 초조함에 감정이 고조된다.

그뿐일까? 목 상태도 매일, 아니 매 공연마다 다르니 무대를 앞둔 나의 걱정은 끝이 없다. 아무리 목 상태를 점검하고 목을 풀어도 긴장까지 풀어주진 못하니 언제나 경직된 상태일 수밖에. 이런 불안함의 연속에서 그래도 무대에 오를 수 있었던 건 첫 무대부터 지금까지 변하지 않고 이어오는 습관 덕분이라고 생각한다.
나는 공연 세 시간 전, 대기실에서 혼자만의 시간을 갖는다. 분장실에서 칩거한 채 오롯이 그 인물로 몰입하는 가장 진지한 시간이다. 이 시간은 작품이 실제 인물을 그릴 경우 더 길어진다. 생각을 비우고 마음을 비우다 보면 공연까지는 한 시간 남짓. 이제 나의 영원한 스승에게 도움을 요청할 시간이다.

지난 15년간 단 한 번도 거른 적 없이 공연 한 시간 전이면 그분에게 전화를 건다. 그녀의 목소리가 들리면 우선 안도하게 되고 당일 목 상태에 따른 발성을 점검 받는다. 그리고 이어지는 기도.
이렇게 공연 전 나는 나의 영원한 스승, 엄마의 코칭과 기도로 마음을 다잡는다. 저마다의 방법으로 공연을 준비하는 배우들과 마찬가지로 나도 혼자만의 시간, 그리고 엄마와의 통화로 매 공연을 준비한다.

이와 함께 공연 세 시간 전부터 절식, 그리고 최소한의 물로만 목을 축이는 습관을 꾸준히 이어오고 있다. 마음의 준비도 가장 먼저, 분장과 의상도 여유 있게 먼저 준비하고 스탠바이 신호를 확인한다. 긴장 속의 기다림 끝에, 드디어 막이 오르고 온전히 나만을 위한 공간, 무대가 날 기다린다.
온전한 내가 되는, 내가 숨 쉴 곳. on stage.

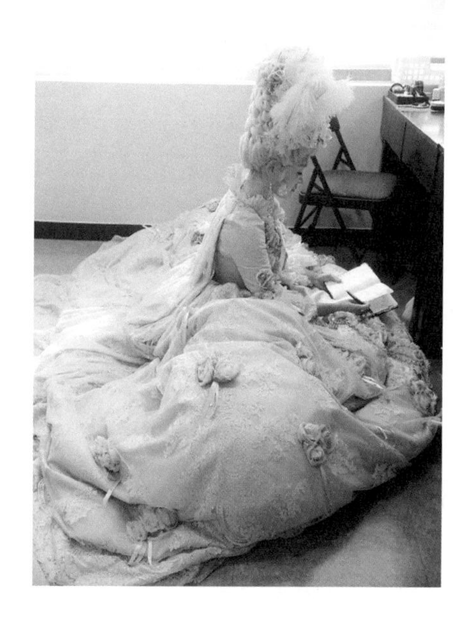

이건 아냐
어릴 적 내가 내려다 보던 세상
무엇을 더 얼마나 빼앗겨야만 끝이 날까
찢겨진 가슴, 날 데려가 신이여

- 마리 앙투아네트

완벽을 꿈꾸는 짜깁기

대본 노트

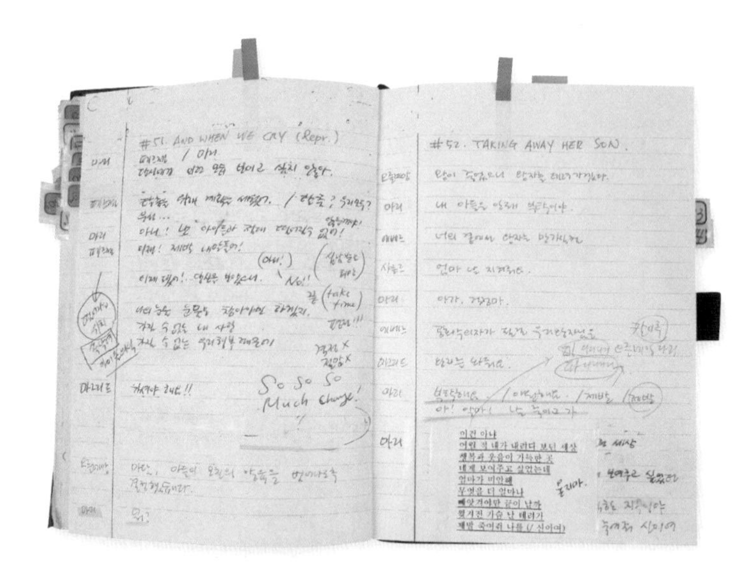

뮤지컬에 있어서 완전무결한 대본이란 없다.
초연을 거쳐 앵콜, 재연 무대를 올리는 중에도
끊임없는 수정이 필요하다.
더 조화롭고 자연스러운 대사를 위해,
매끄러운 장면 구성을 위해,
어색한 노랫말을 입에 딱 맞게 부르기 위해
대본은 회를 거듭할수록 수정과 보완이 이뤄진다.

뮤지컬 공연도 수정을 거듭하다 보면
때론 드라마의 쪽대본처럼 수정된 대본 페이지를
낱장으로 받기도 한다.
수많은 수정 테이프와 새로 받은 대본의 짜깁기.
이 모든 것이 완성된 대본을 향해 진화하는
뮤지컬의 과정이다.

act.2

THE ONE YOU SEE IN ME

최고의 여자

몇 번의 슬럼프가 있었지만 가장 힘들었던 기억을 되돌아보면 10년 정도 뮤지컬을 했을 때였다. 한 가지 일에 몰두해 10년을 보내면 길도 보이고 요령도 생기지 않을까 싶었지만, 나는 뮤지컬이라는 우물 속에서 바깥세상을 한 번도 나가보지 못한 한 마리 개구리였다.

연습 중에는 함께하는 스태프, 배우들과 호흡을 맞추느라, 공연 중에는 공연을 보러 오시는 분들에 대한 의무감에 '나'를 잊은 채 살았다. 나에겐 매일 오르는 무대가 어떤 관객에게는 평생 단 한 편의 뮤지컬일 수도 있고, 감동이 전해져 그 분의 인생 뮤지컬이 될 수도 있으며, 누군가에겐 평생의 마지막 뮤지컬이 될 수도 있다는 부담은 고스란히 스트레스와 예민해진 성격으로 돌아왔다. 밤이면 잠에 들 수 없었고, 잠들지 못하는 밤이 이어지자 슬럼프는 다시 찾아왔다.
한번은 최악의 몸 상태에도 불구하고 전혀 대안이 준비되지 않아 무대에 올랐던 적이 있었다. 오르지 말아야 할 무대였고, 오를 수 없는 무대였지만 상황에 쫓겨 올라갈 수밖에 없었다. 그때의 기억이 평생의 후회와 악몽으로 남아 정해진 날짜와 시간에 최고의 컨디션을 만들어야 하는 압박감은 슬럼프란 이름으로 나를 옥죄었다.

그렇게 10년을 뮤지컬에 매진하다 보니 나이는 열 살을 더 먹고, 부모님의 결혼 압박은 열 배 이상 심해졌다. 사실 결혼 생각은 전혀 없었다. 일이 좋았고 이렇게 계속 무대 위에서 살고 싶었다. 혼자 야무지게 살아가기 위한 준비도 나름 열심이었다. 다들 의외라고 하지만, 그 무렵 나는 연금에 보험, ELS 상품까지 가입한 촉망받는 재테크 유망주였다. 무대를 즐기고 열심히 내 일 하면서 조카들에게 용돈 넉넉하게 주는 이모, 고모가 되겠노라 마음먹었지만, 부모님의 절실한 권유에 못 이겨 노력이라도 하는 모습을 보여드려야 했기에 틈 날 때마다 소개팅을 나갔다. 그렇게 나갔던 소개팅에 대한 기억은 하나같이 좋지 않다.

하지만 여기서 분명히 해야 할 점은, 소개팅에 대한 기억이 별로인 이유는 소개팅에 나온 분들 때문이 아니라 10년 동안 뮤지컬이란 우물에서만 살아온 내 자신 때문이었다. 자연스럽게 소개팅 자리에서 오고 가는 남녀 간의 대화에 난 도저히 장단을 맞출 수 없었다. 연습 때는 배우들과 작품 얘기나 연기 얘기만 해왔고 관심사는 오로지 뮤지컬이었으며 주변인들은 모두 관계자뿐이었으니 무대 밖 일상은 서툴고 어려웠다. 이런 만남이 계속되자 내 자존감은 바닥을 드러내고 말았다.

그렇게 마음도 지치고 자존감도 떨어져가는 내게 사실은 꾸준하게 마음을 표현해오던 후배가 있었다. 성악도로도 뮤지컬 배우로도 한참 후배였던 사람, 그래서 성별은 남자가 아닌 후배였고, 아무에게나 말을 잘 놓지 않는 내가 거의 유일하게 말까지 놓으며 편하게 지낸, 뼛속까지 후배였던 사람이었다.

내게 사귀자는 말보다 결혼하자는 말을 먼저 건넸기에 그 고백을 더더욱 장난으로 여겼다. 그런 후배가 남자로 보이기 시작한 건 실망스런 소개팅으로 한없이 기분이 바닥으로 가라앉던 어느 날, 언제나처럼 나를 기다려주며 최고의 여자로 존중해주었던 그의 끊임없는 구애와 진심 때문이었다.

좋은 뮤지컬 후배였던 그 남자 덕분에 나는 아직도 무대에 오르는 행운을 간직하고 있다. 혹여 그때 소개팅이 잘됐다면 나는 지금 다른 누군가의 아내로 평범하게 살고 있을지도 모른다. 서보지 못한 수많은 무대들을 그리워하며. 아니면 지금도 열심히 소개팅을 하고 있을지도 모를 일이다.

뮤지컬 <마리 앙투아네트>는 <명성황후>와 <엘리자벳>에 이어 다시 한 번 실존 인물을 연기하는 작품이었다. 허구의 인물보다 실존 인물을 연기할 때는 이상하게 마음을 몇 배로 다잡게 된다. 역사 속 인물을 향해 나만의 경의를 표하는 것일 수도 있겠고, 역사서에 한두 줄로 평가되는 인물의 삶에 숨을 불어넣어야 하는 배우라면 당연히 취해야 할 자세라고 생각해서인지도 모르겠다.

그래서 더 깊이, 더 넓게 그녀에 대해 공부하고 싶었다. 마리 앙투아네트의 전기를 읽고, 영화를 보는 건 기본. 그녀의 화려했던 궁중생활 이면의 아픔이나 비극으로 치달았던 짧은 생의 기록을 빠짐없이 찾아봤다. 만화 <베르사유의 장미>까지 다시 읽었다. 하지만 그 정도의 노력으로 캐릭터를 바로 완성할 수 있다면 '배우'를 평생 배우는 직업이라고 하지 않을 것이다.

결국 나는 <마리 앙투아네트>라는 작품보다 마리라는 한 여자를 이해하기 위해 노력했다. 그리고 무대 위에서만큼은 정말 그녀가 되어보려고 했다. 20kg을 육박하는 가체와 허리를 조이는 화려한 의상, 영혼까지 짓누르는 분장을 통해서라도. 그녀의 일생은 화려하지만 외로웠고 부러움과 시기를 동시에 받으며 결국은 정치적 목적에 희생되는, 어쩌면 같은 여자로서 받아들이기 힘든 격변의 일생이었다.

그녀의 삶처럼 화려하지만 그만큼 무거웠던 가체 덕분에 공연을 마치자 키가 3cm는 줄어든 것 같았다. 그럼에도 불구하고 <마리 앙투아네트>는 마리에 대해 더 알고 싶고, 더 공감하고 싶었던 잊을 수 없는 작품이다.

'주인공은 죽지 않는다'라는 공식이 존재하던 시절은 얼마나 평화로웠을까? 왕비에서 단두대의 이슬로 사라지기까지의 파란만장 인생을 연기하는 동안 가장 두려웠던 장면은 다름 아닌 단두대에 머리를 집어넣는 마지막 장면이었다.

단두대 세트를 어찌나 리얼하게 잘 만들었는지 목을 집어넣고 운명의 순간을 기다리자면 공포 섞인 비명이 절로 나왔다. 심지어 감쪽같이 만든 잘린 머리가 바구니에 들어가면 나도 모르게 눈물이 왈칵 나왔다. 아이를 빼앗기는 신scene 에서는 나도 몰랐던 몸 속 깊은 곳부터 끓어오르는, 동물의 신음과도 같은 절규가 나와 다른 누구보다 내가 가장 많이 놀랐던 기억이 있다.

그렇게 감정을 쏟아내는 장면을 마치고 나면 온몸의 기력이 다 빠져나간 느낌이 든다. 그래서 하루에 공연이 2회 있는 날에는 더욱 정신 바짝 차려야 했다. 방금 전까지 바구니 속의 잘린 내 머리를 보고 울다가 다시 극의 첫 장면으로 돌아와 화려한 드레스와 가발로 치장한 채 발랄하게 "봉수아Bonsoir"를 외쳐야 하는 배우의 운명이란!

백발의 왕비가 되기까지

12벌의 의상, 8개의 가발

9
10
11
12
13
14

WICKED

위키드

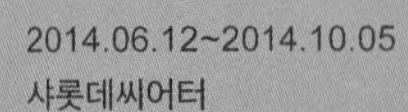

2014.06.12~2014.10.05
샤롯데씨어터

초연

2003 미국 큐란 극장(Curran Theatre)에서 초연
2013 샤롯데씨어터에서 초연

작곡

스티븐 슈왈츠(Stephen Schwartz)

작사

스티븐 슈왈츠(Stephen Schwartz)

대표곡

파퓰러(Popular)
중력을 벗어나(Defying Gravity)
널 만났기에(For Good)

WICKED / 위키드

그레고리 머과이어의 소설 『사악한 서쪽마녀의 생애』를 각색한
뮤지컬 <위키드>는 동화와 영화로도 익숙한 <오즈의 마법사>를
위트 있게 비틀며 도로시가 오즈에 떨어지기 전 이야기를 그려냈다.
2003년 브로드웨이 초연 이후 정상을 지키고 있는 뮤지컬 <위키드>는
2013년 한국어 초연을 오픈 런으로 시작해 1년 가까이 많은 관객들의
사랑을 받았다.

'글린다'와 '엘파바'라는 두 마녀의 우정을 그린 이 작품은 54번의
무대 전환과 350벌의 화려한 의상으로 관객의 눈을 사로잡으며 판타지를
현실로 불러들인다. 서쪽의 초록마녀 엘파바는 원래 정의롭고 착한
마녀지만 성급한 성격과 투박한 표현으로 사악한 마녀로 오해를 받고,
북쪽의 착한 마녀로 인기 많은 금발마녀 글린다는 언제 어디서나 자신이
주목을 받아야 하는 허세와 허영 덩어리지만 공주병 내숭 백단으로 인기를
유지한다. 캐릭터 설정부터 관객들의 호기심을 자극하는 이 작품은
알파바와 글린다, 두 마녀의 편견을 넘어선 진한 우정을 보여준다.

Glinda

글린다 역

태어날 때부터 금발에 하얀 피부, 모두의
호감과 사랑을 받기에 충분했던 그녀.
사람들의 칭찬과 인기를 먹고사는
허영심 많은 캐릭터지만 어딘지 모르게
허술한 매력의 그녀는 사랑스럽기만
하다. 사람들에게 오해를 받아 사악한
초록마녀가 된 엘파바의 손을 잡아주지만
결국은 그녀의 억울함마저 밝혀주지
못한 채 '선한 마녀'의 상징으로만 남게 된
공허한 캐릭터이다.

act.1

POPULAR / 파퓰러

지난 15년의 행보는 내 생각이 어떻게 변해왔는지를 보여주는 기록이다. 성악도였던 나는 거침없이 뮤지컬에 뛰어들었고 앞만 보며 달렸다. 에너지가 고갈된 느낌이 들어서야 스스로를 되돌아보게 됐던 것 같다.
배우는 자신의 한계를 어떻게 넘어서야 하는지, 아무도 모르는 내 모습을 보여주기 위해 나란 이미지를 모두 깨버려야 하는지, 그마저도 아니면 내가 만들어놓은 내 이미지 속에 갇혀 살아야 하는지 등 수많은 질문들을 스스로에게 던졌다. 그때의 나는 혼돈 그 자체였다.

그래서 당시에는 인생의 갈피를 잡지 못한 채 새로운 도전들을 꽤나 시도했던 것 같다. 가장 큰 도전은 우아한 이미지를 벗기 위해 사극 속 악역에 도전했던 것이다.

당시 TV 드라마 촬영은 한 번도 해본 적 없던 내가 그것도 표독한 연기를 하려니…… 나에게는 낭패, 제작진들에겐 민폐가 아니었을까? 감독님의 간단한 촬영 용어도 알아듣지 못해 촬영장을 웃음바다로 만든 적도 있었다.
그런가 하면 연극도 도전했었는데 지금 돌아보면 스스로를 몰아붙이려는 심리였던 것 같다. '나도 이렇게 정반대의 연기를 할 수 있어', '성악도 출신은 연기가 약하다는 편견을 없애겠어'와 같은 공허한 외침이었다.

10년 가까이 한 가지 일을 하다보면 타고난 능력이 있는 사람들은 자신의 분야에서 최고가 되기도 한다. 하지만 매너리즘에 빠지게 되는 경우도 다반사. 나 역시 다양한 캐릭터를 표현해야 한다는 압박감에 뮤지컬에 대해 자신감이 없어지면서 질풍노도의 시기가 찾아왔었다. 이 역할은 이전 작품과 비슷하니

까 안 되고, 이 작품은 이래서, 또 저 작품은 저래서 안 된다는 스스로의 편견 때문에 내가 나의 걸림돌이 되고 있었다.

한참을 내 발에 걸려 넘어진 사람처럼 방황한 끝에 내가 찾은 답은 '나를 인정하는 것'이었다. '어떤 역할이나 스타일이 나에게 잘 맞는다면, 일단 그런 역할이라도 더 잘해보자'라는 결론을 지었다고 할까? 그때부터 나는 한 가지라도 잘하는 것이 있다면 그것을 더 발전시키려고 노력했다.
살아가면서 자신이 잘하는 것을 단 하나도 발견하지 못하는 사람도 있고, 너무 잘하는 것이 많아서 갈 길을 잃는 사람도 있을 것이다. 그러니 나에게 주어진 하나에 감사하고 집중하자는 것이 10년 고민의 산물이었다. 그렇게 마음을 먹자 내게 주어진 역할 하나하나가 참 소중해서 다시 만난 캐릭터도, 처음하게 된 작품들도 경중을 따질 것 없이 간절하게 여겨졌다.

그렇게 또 다시 뮤지컬만 보고 달리던 나는 남편의 권유로 방송을 하게 됐다. 경주마처럼 한 번 목표를 정하면 옆도 뒤도 안 돌아보는 나를 누구보다 잘 아는 남편이기에, 어쩌면 그때 나에게 잠시 호흡을 가다듬고 시야를 넓히는 시간이 필요하다고 생각했나 보다. 그래서 아이가 태어난 지 100일도 채 안 된 상태에서 <위대한 탄생>이라는 프로그램에 나가게 됐다.

<위대한 탄생> 촬영을 하며 열정 가득한 젊음, 반짝반짝 빛나는 어린 친구들의 재능을 보고 있자니 내가 뮤지컬을 처음 시작했을 때의 모습이 생각났다. 처절한 실패와 좌절을 거듭하면서도 희망을 쫓는 그들의 도전을 옆에서 함께 하다 보니 나 또한 예전의 열정을 되찾은 느낌이었다.
당시 나는 임신과 출산으로 한동안 무대를 떠났던 터라 다시 무대에 설 수 있을지 두려운 마음이 컸고 복귀에 대한 막연한 부담이 있었다. 그러나 '위대한 탄생'을 위해 몸부림치는 어린 친구들의 도전 앞에서 나의 두려움은 아무 것도 아닌, 그저 괜한 걱정 같은 느낌이 들었다.

이후 감사하게도 나는 무대로 복귀할 수 있었고, 아이가 자라면서 육아 프로그램에도 출연하게 됐다. 물론 출연 전 엄청난 망설임과 부담이 있었던 건 사실이다. 관찰 육아 프로그램인 방송 특성상 사생활 공개는 필수였기 때문이다. 뭐 여느 집과 다름없는 우리 가족의 일상이지만, 나도 미처 모르고 지나가는 사소한 모습 하나까지 모두 방송으로 공개된다는 건 부끄럽고 겁나는 일이었다.
그러나 일하는 엄마에게 아이가 커가는 모습은 평생 눈에 담아두고 싶은 일. 어떤 때는 스케줄에 쫓겨 하루에 한 번도 깨어있는 아이를 볼 시간이 없는 경우도 있으니, 촬영을 핑계로라도 아이와의 시간을 만들고 싶었다. 덕분에 지금은 무엇과도 바꿀 수 없는 아이의 어린 시절을 영상으로 간직할 수 있어 얼마나 감사한지 모른다.

방송을 하면서 좀 더 많은 분들께 나를, 그리고 뮤지컬을 알릴 수 있게 된 것 같다. 방송 출연 이후로 더 많은 분들이 뮤지컬에 관심을 기울여주시니 뮤지컬의 확대에 깨알만한 일조라도 한 것 같아 뿌듯하고 감사한 마음이 들기도 한다.
게다가 우리 부부에게 뜻 깊은 자리에서 애국가를 부를 수 있는 기회가 많아져 해마다 의미 있는 기념일을 보내게 됐다. 항간에선 제헌절 공식 커플로도 불러주시니 감사할 따름이다.

나에게 뮤지컬은 업(業)이다. 평생을 함께 할 숙명이어서 그럴까? 더 많은 분들이 뮤지컬을 아끼고 관심을 가져주셨으면 하는 바람이 있다. 뮤지컬을 알리기 위해서라면 글린다처럼 좀 더 파퓰러 popular 한 사람이 되어도 좋지 않을까?

핑크빛 마법 / 글린다의 꽃핀

어떤 소품은 존재만으로 캐릭터를 대표하기도 한다.
뮤지컬 <위키드> 속 글린다는
곱게 세팅된 헤어와 완벽한 메이크업,
똑 떨어지는 의상에 마지막 포인트!
금발을 더 아름답고 도드라지게 해주는
'핑크 꽃핀'이 있어야 완벽해졌다.

게다가 작품 속에서도 글린다의 핑크 꽃핀은
글린다가 마음을 건네듯 엘파바의 머리에 꽂아주는
극의 중요한 소품이기도 했다.
브로드웨이에서도 뮤지컬 <위키드>의 인기는 대단해서
이베이 ebay에서도 글린다의 핑크 꽃핀을 구할 수 있을 정도다.
아마도 금발의 소녀들에게 이 핀은 마법 같은 표식으로
여겨지는 게 아닐까?

FOR GOOD / 널 만났기에

뮤지컬 여배우는 영화나 드라마 속 여배우들에 비해 훨씬 불리하다.

첫째, 보정이나 편집의 혜택을 받지 못한다.
휴대폰으로도 백만 가지 보정이 가능한 시대. 그러나 우린 무대와 관객과의 거리를 필터링 삼아 두껍고 부리부리한 분장만으로 무대에 서야 한다. 게다가 예뻐야 하는 역을 많이 맡다 보니, 가끔 상태가 좋지 않을 때는 필터가 있다면 그 뒤에 숨고 싶다.

둘째, 더블, 트리플 캐스팅의 경쟁이 매순간 이어진다.
어떤 드라마의 주인공도 5회 주인공과 6회 주인공이 다르지 않다. 시청자가 취향대로 각자 원하는 배우의 버전을 따로 보지도 않는다. 드라마나 영화 속 히로인은 유일한 주인공으로 남지만, 뮤지컬 배우는 공연 중간중간 하루살이처럼 그날, 그 시간의 주인공으로만 존재한다.

셋째, 하룻밤의 이야기도, 100년의 시간도 공연 속 기승전결 170분 안에 올인!
드라마나 영화는 촬영 기간 동안 극의 내러티브를 쫓아가며 캐릭터를 분석하고 사건과 인물 간의 관계에 따라 감정의 흐름을 조절할 수 있다. 적어도 극중에서 시간이 흐르면 배우들도 그만큼 세월에 적응할 수 있는 시간이 뮤지컬보다는 긴 걸로 알고 있다. 그러나 뮤지컬은 하루, 혹은 반나절의 이야기도 두 시간 반 안에 끝내야 한다. 한 사람의 일대기도, 수십 년의 역사도 역시 두 시간 반 안에 끝내야 한다.
이런 작품 속 급격한 시간의 흐름에 적응할 수 있는 여유는 연습 기간에만 허락된다. 공연이 시작되면 공연 150~180분 사이에 기승전결부터 커튼콜까지 숨 가쁘게 달려야 한다. 하루 2회 공연일 경우 100년이 지난 것 같은 급속노화가 몰려올 때도 있다. 아…… 뭔가 영혼까지 털린 이 느낌은 기분 탓인가?

넷째, 컷, NG란 없음. 시작하면 끝을 향해 달려가는 폭주기관차 운명!
뮤지컬의 기본은 배우, 스태프 간의 '합'이다. 공연 중인 무대 위에서 어느 한 사람이라도 긴장을 놓으면 이 합은 깨진다. 잘못했으니 잠깐 쉬어가자고 할 수도 없다. 수천에 달하는 관객들의 시선 앞에서 만약 실수가 발생한다면 벌거벗은 듯 부끄럽더라도 정신을 차리고 감쪽같은 애드리브로 모두를 구원해야 한다. 내가 무너지면 상대 배우가 무너지고 다음을 준비하는 배우와 스태프들이 무너지고 오늘의 공연이 와르르 무너진다. 시작한 공연은 막이 내릴 때까지 멈추지 않고 달려야 한다.

그러나 뮤지컬 여배우는 영화나 드라마 속 여배우들에 비해 훨씬 행복하다.

첫째, 신의 분장, 새로운 미모로 태어나다.
카메라의 협박에 민낯을 공개하지 않아도 되는 뮤지컬 무대는 얼마나 자비로운가? 게다가 분장의 마법으로 얼굴 크기를 반으로 보이게 만들 수도, 눈 크기를 두 배로 키울 수도 있다. 거대한 가발과 가체가 두려워도 큰 머리 아래 상대적으로 얼굴이 작아 보이는 소두 효과를 경험하다 보면 그 정도의 고통은 얼마든지 참을 수 있다. 암! 참을 수 있고 말고.

둘째, 자신만의 캐릭터를 구축할 수 있다.
더블, 트리플 캐스팅의 공연을 하다 보면 같은 듯 다른 캐릭터가 나온다. 연기에는 정답이 없으니 배우들은 자신만의 정서로 맡은 배역을 표현한다. 혼자 그 역을 맡는다면 그 캐릭터에서 나만의 색을 어떻게 찾을지 고민하기 어려울 것이다. 하지만 다양한 색을 가진 캐스트들과 선의의 경쟁을 하다보면 자연스레 나만의 색깔을 가진 캐릭터를 완성할 수 있다.

셋째, 한 호흡으로 기승전결을 이어가다.
세 시간 이내에 한 사람의 인생을 살아낸다는 건 폭풍처럼 휘몰아치는 서사에 자신을 맡겨야 하는 일이다. 극적인 사건의 연속이며 상승 곡선과 하락 곡선이 끊임없이 이어진다. 덕분에 극에 대한 몰입도는 높아진다. 무대에 오른 순간 그 사람이 될 수밖에 없으며 극강의 집중력을 발휘해 맡은 역할에 빠져들게 된다. 물론 2회 공연인 날은 환생하는 기분도 맛볼 수 있음.

넷째, 애드리브의 향연, 예기치 못한 하모니!
배가 움직이지 않으면? 물 위를 걸으면 된다. 무대가 갑자기 움직이지 않으면 배우라도 움직여야 다음 장면으로 넘어갈 수 있는 법!
무대에 서다보면 없던 재치도 생겨난다. 위기의 순간을 모면하고 관객분들께 실망을 주지 않기 위해서라면 기가 막힌 애드리브만이 살 길이며 함께 호흡을 맞춰주는 배우들은 찰떡같이 서로의 애드리브를 받아주게 된다. 그렇게 하모니를 이뤄가는 쾌감이 뮤지컬에서 헤어날 수 없는 매력이자 마력인지도.

난 그럴 수 없어
사람들이 날 바라보며
행복과 위안을 느끼고 있는데
내가 지금 어떻게 떠나

- 글린다

뮤지컬 <위키드> 속 글린다는 마법 실력이 좋진 않았다. 화려한 치장과 매력적인 언변으로 인기는 얻었지만 말이다. 하지만 공연 내내 내가 굉장히 대단한 마녀가 된 것 같은 느낌을 가진 순간이 있었는데, 그건 바로 무대 오르기 전 우리 모두가 외치던 팀 구호!

위 (짝짝) 킷 (짝) 위 (짝짝) 킷 (짝) 위킷 (짝) 위킷 (짝) 위키~~~드 위치!

우리 팀들과 저 구호를 맞추기까지, 나는 평생 해보지 못한 트레이닝을 거쳐야 했다.

나는 당시 이미 막이 오른 오픈 런 공연에 후발대로 들어갔다. 그렇게 나만 후발대로 참여하게 된 것은 처음이었지만, 단순히 평소처럼 열심히만 하면 될 거라고 생각했다.
하지만 막상 다른 배우들 없이 혼자 연출 선생님과 연습을 하다 보니 벽을 보고 연기하는 기분이었다. 완벽하게 세팅된 공연에 나 하나만 들어가면 되는 상황이 부담스럽기도 했다. 하지만 모두가 이미 합을 맞춰온 작품에 들어가기 위해선 작품의 틀에 나를 빠르게 끼워 넣어야 했다. 흠, 쉽게 말하자면 44 사이즈의 철갑옷에 몸을 끼워 맞추는 기분이랄까?

동선과 동작 모두 이미 칼같이 맞춰진 작품인데 연습 내내 연출 선생님께선 자유롭게 연기하라고 하시니 나에겐 손바닥 크기의 무대 위에서 춤을 추라고 하는 것과 다르지 않았다. 내 움직임이 1cm만 어긋나도 밸런스는 깨질게 분명한데 말이다.

<위키드>는 초연 전 보통 한두 번 맞춰보는 드레스 리허설을 무려 3주간 했던 작품이었다. 그만큼 기존의 배우들도 합을 맞추기 까다로운 공연이었다는 이야기다. 나는 그렇게 완벽하게 짜인 공연에 쏙 들어가야 했다.
다른 극에 비해 연습시간이 턱 없이 부족했지만 그렇다고 모두가 봐왔던 글린다의 복제품은 되고 싶지 않았다. 스스로에게 '틀린 글린다가 아닌 다른 글린다가 되자'고 몇 번을 되뇌었다. 모두와 합을 맞추고 작품의 균형을 맞추되, 나만의 글린다를 그리기 위해 최선을 다했다.

혹자는 '푼수 가득한 글린다가 알고 보니 딱 김소현에게 맞는 옷'이라고도 했고, '김소현은 역시 크리스틴이 어울려'라며 당혹감을 감추지 못한 분들도 있었다. 하지만 나는 그 모든 평들이 감사했다. 다행히 틀리지는 않았구나 안심도 했다.
배우의 변신은 반드시 호불호의 평을 받을 수밖에 없다. 100점이 없는 직업. 매 변신마다 좋았다는 분들도, 별로였다는 분들도 있으니 남은 건 또 다른 변신을 위한 도전이다.

카페에서 쫓겨난 경험, 네! 저는 있습니다.
<위키드> 연습 때였다. 잠든 시간만 빼고는 대본과 넘버, 동선과 디테일한 디렉션을 외우느라 정신이 반쯤 나간 상태였던 것 같다.
연습실에서 연습을 마치고도 불안해서 카페에 가서 커피 한 잔을 마시며 중얼중얼 계속 연습을 했다. 그러나 <위키드>는 마법의 나라 오즈의 이야기며 내가 맡은 글린다는 무대 위가 아니라면 현실에선 딱 공주병 말기 환자 같았으니 그 역할을 카페에서 끊임없이 중얼거렸다고 생각해보면 쫓겨나는 것도 무리는 아니었다.

연습할수록 놀라웠던 건 밝고 푼수 같은 글린다가 원래의 내 성향과 가장 어울리는 캐릭터라고 느껴졌단 거다. 짧은 일정에도 캐릭터에 동질감이 느껴졌기 때문에 음표도 쪼개고 반 스텝, 반의 반 스텝까지 빠르게 움직이며 디테일한 동작을 완전히 체득할 수 있었다. 그야말로 '카페의 정신병자' 취급을 받으면서 말이다.

외로운 나 홀로 연습, 자나 깨나 글린다 빙의 생활 끝에 드디어 <위키드>의 막이 올랐다. 공연에 들어가기 전에는 틀이 완성된 작품에 나를 맞추는 연습이 가장 힘든 줄 알았었다.
그러나 한치 앞을 모르는 게 사람 아닌가? 3주간의 드레스 리허설 전설은 괜히 생긴 게 아니었다. 어지간한 의상, 분장 다 해본 나는 막상 공연에 들어가자마

자 그동안의 자신감이 순간 허풍으로 바뀌었다.
본래 땀이 별로 없는 체질이고 무대에서 어떤 연기를 하고 춤을 춰도 땀이 났던 적이 없었기에, 분장팀에 미리 "전 땀이 안 나니까 중간에 분장 수정이나 의상 변경 때 신경써주시지 않아도 괜찮아요"라고 말하며 공연에 올라갔는데…… 괜한 말이었다. 토막토막 끊어진 감정을 연결하며 무대 위에서 신나게 놀다 보니 온몸이 물에 젖은 수건처럼 흠뻑 젖어있었다. 얼굴은 번들번들, 온몸은 축축.

그 몰골로 들어오니 분장 스태프들에게 얼마나 미안하고 부끄럽던지. 하지만 온몸을 내던지듯 무대에서 한바탕 허세 뻔뻔한 글린다로 살다가 내려왔을 때 나를 가득 채우던 카타르시스를 무엇에 비교할 수 있을까?

뮤지컬 리허설

무대에 오르기 전, 우리는 완벽을 기하기 위해 리허설을 한다. 배우들의 연기와 동선, 조명, 음향, 무대, 안무, 오케스트라까지 실수를 최소화하기 위해 공연 전에 합을 맞춰보는 것이다. 본 공연보다 더 긴장하고 집중해야만 하는, 무대에 오르기 전 마지막 관문이다.

드라이 테크 리허설
Dry Tech Rehearsal

드라이 테크 리허설(Dry Tech Rehearsal)은 배우들이 연습의 대단원인 1, 2막 런스루*를 마치고 리허설에 돌입하기 전, 원활한 리허설 진행을 위해 배우를 제외한 기술 전 스태프이 무대를 점검하는 리허설이다. 무대에 관련된 기술을 점검하는 리허설로 배우들은 참여하지는 않는다.
부문별 기술 파트 스태프들은 무대감독의 큐사인에 맞춰 배우 없이 공연의 전 과정을 진행하는데, 조명, 세트, 음향, 영상 등의 정확한 타임체크를 위해 녹음된 연주를 틀어놓고 장면 전환을 공연 그대로 진행하는 시간이다.

*런스루(Run-through)
공연이 시작하기 전에 처음부터 끝까지 실제 공연처럼 하는 연습을 말한다. 우선, 장면별로 배우들이 모여 1막을 익힌다. 익히는 데 걸리는 기간은 대략 2주 정도. 1막 연습이 어느 정도 마무리가 되면 1막에 관련된 배우들 모두 모여 1막 전체를 연습해 보는 1막 런스루를 진행한다.
1막 런스루를 통해 1막에 대한 보강이 이뤄진 후에는 2막 역시 1막과 똑같은 과정을 거쳐 연습을 진행한다. 그렇게 2막 런스루까지 끝나면 1, 2막을 붙여 극에 출연하는 모든 배우들과 스태프들이 모여 전체 런스루를 진행한다. 진행 중 각 파트별로 연출가의 디렉션을 받아 전열을 재정비하기도 한다.

스페이싱
Spacing

전체 런스루가 마무리 되면 조금 더 큰 연습실로 장소를 옮겨 무대 공간을 연습실 규모에 맞춘 미니어처 세트에서 연습을 진행한다. 연습이 마무리되면 공연 날짜에 맞춰 극장에서 연습을 시작하는데 제일 먼저 스페이싱을 진행한다.
배우들이 도착하는 대로 장면별 자리를 정하는 일명 스페이싱 작업은 암전이 돼도 배우들이 공연 중 자기 자리를 찾을 수 있게 해준다. 연습실의 세트 무대와 규모가 다른 실제 극장에 적응하기 위해 배우들은 무대 감독의 지시에 따라 동선의 이동, 소품의 위치나 세트 내 문이나 창문이 열리는 위치까지 설명을 듣고 익힌다. 스페이싱 작업을 통해 배우들이 실제 무대에 적응하게 되면 정식 리허설이 시작된다.

테크니컬 리허설
Technical Rehearsal

테크니컬 리허설은 드레스 리허설 전, 분장하지 않은 배우들이 마이크를 착용하지 않고 참여하는 기술 점검 리허설이다. 쉽게 얘기하면 드라이 테크 리허설에 배우가 참여하는 버전이다. 실물 무대 세트에 배우들이 등장해 음향, 조명, 무대, 특수효과 등을 점검하는데, 처음으로 오케스트라까지 함께 참여해 배우들의 등장과 퇴장, 무대 변환까지 음악에 맞춰본다. 무대, 조명, 음향, 무대 동선 등을 테크니컬 리허설을 통해 점검하고 수정과 보완을 통해 무대를 보강한 후 드레스 리허설로 이어진다.

부분 드레스 리허설

최종 드레스 리허설 전 무대장치, 조명, 소품, 음향, 영상, 특수효과 등이 다 갖춰진 상태에서 배우들을 위해 진행하는 리허설이다. 부분 드레스로 리허설 이름이 붙여진 건 정식 무대 의상이 아닌 무대 의상에 가까운 하의만 입고 움직임의 범위와 동선 체크, 연출 수정 등이 이루어지기 때문이다.

최종 드레스 리허설 전 배우들과 기술 파트가 협의해서 수정과 보완이 이루어지는 마지막 단계이며, 무대 위에 오르기 전 배우들의 연기가 수정되기도 한다.

드레스 리허설
Dress Rehearsal

드레스 리허설은 의상과 분장을 갖추고 마지막으로 하는 무대 위 총연습 개념의 리허설이다. 드레스 리허설은 1막과 2막을 실제 공연처럼 진행할 뿐 아니라 인터미션과 커튼콜 레퍼토리도 준비해 완벽하게 공연 시간을 계산하면서 진행한다. 최종 리허설인 드레스 리허설은 완벽하게 공연을 미리 진행해보는 시간이기 때문에 의상과 분장, 무대를 본 공연과 똑같이 세팅하고, 극 준비 과정부터 커튼콜까지 본 공연과 똑같이 진행된다.

DAS MUSICAL ELISABETH

엘리자벳

2013.07.26~2013.09.07
예술의전당 오페라극장

2013.09.14~2013.09.15
부산 문화회관 대극장

2013.09.21~2013.09.22
대구 계명아트센터

2013.09.28~2013.09.29
광주 문화예술회관 대극장

2013.10.19~2013.10.20
창원 성산아트홀 대극장

초연

1992 오스트리아 테어터 안데어 빈(Theater an der Wien)에서 초연
2012 블루스퀘어 삼성전자홀에서 한국 초연

작곡

실베스터 르베이(Sylvester Levay)

작사

미하엘 쿤체(Michael Kunze)

대표곡

마지막 춤(Der letzte Tanz)
나는 나만의 것(Ich gehör nur mir)
아무것도(Nichts, nichts, gar nichts)

DAS MUSICAL ELISABETH

엘리자벳

뮤지컬<엘리자벳>은 '오스트리아의 연인'으로 불리는 황후
엘리자벳의 일대기를 평범한 전기물이 아닌 드라마틱한 스토리로
탈바꿈해 아름다운 선율을 입힌 작품으로, 실베스터 르베이와
미하엘 쿤체 콤비의 No.1 히트작으로 손꼽힌다.

1992년 빈에서 초연한 후 대한민국 뮤지컬 팬들의 오랜 기다림 끝에
20여 년 만에 국내 무대에 올렸다. 오리지널 공연의 음악과 대본만을
들여와 국내 프로덕션에서 새로운 무대 디자인과 안무, 의상으로
한국 스타일의 <엘리자벳>을 선보이며 다시 한 번 빈 뮤지컬 신화를
이어간 작품이다.

Elisabeth
엘리자벳 역

호기심 많고 자유분방한 귀족 처녀 시씨는
황제 프란츠 요제프가 그녀를 보고
첫눈에 반하게 되면서 언니 헬레네 대신
궁으로 들어가 황후 엘리자벳이 된다.
행복했던 순간도 잠시, 엘리자벳은
엄격하고 무서운 시어머니 소피 대공비와
그녀에게 인형처럼 조종당하는 남편,
엄하고 철저한 왕궁의 규율에 답답함을
느끼며 자유를 갈망하게 된다.
오스트리아 역사상 가장 아름다운 황후로
기억되는 엘리자벳. 많은 이들의 사랑을
받았지만 정작 자신은 쓸쓸한 삶을 살며
늘 죽음의 유혹을 받았던 비운의 캐릭터이다.

ICH GEHÖER NUR MIR

나는 나만의 것

사람은 자신의 변화를 쉽게 알아차리지 못하는 것 같다. 객관적인 시각으로 누군가가 나를 평가해주기 전까지는 말이다.
나는 어렸을 때 아주 소심한 성격이었다. 어느 누구도 나에게 눈길을 주지 않았는데도, 등하교 길에 꼭 가로질러가야 하는 남자고등학교 앞을 피하기 위해 멀더라도 길을 돌아서 다닌 아이였다. 그것도 아무도 안 다니는 이른 아침, 거의 새벽 시간에.

남들 앞에서 얘기를 하는 것도, 발표를 하는 것도, 심지어 노래를 한다는 건 상상할 수 없었다. 한번은 고등학교 시절, 교회에서 성경 공부를 하는 시간이었다. 반별로 성경 공부를 하면서 매주 한 명씩 돌아가며 기도를 했었고, 아마 선생님도 그런 당연한 이치로 나에게 기도를 시키셨을 거다.
그런데 난 선생님의 "소현이가 기도해 봐"라는 말 한마디에 얼어버렸다. 가슴이 쿵쾅거렸고 얼굴까지 빨개진 채 더듬더듬 기도를 하며 진땀을 뺀 기억이 있다. 내 이름이 불린 것도, 모두 앞에서 소리 내어 기도를 해야 하는 것도 나에겐 거의 공포였다.
그랬던 내가 지금, 천 명이 넘는 관객 앞에서 노래를 하고, 춤을 추고, 연기를 하고 있다. 어릴 적 친구들은 이런 나를 보고 아직도 어색해 한다. 15년째 뮤지컬 배우를 하고 있는데도 말이다.

의외로 배우들 중엔 어린 시절이나 일상에선 소심한 분들이 많다. 직업이 되면 성격과는 달리 연기 자체를 업(業)으로 받아들이게 되는 건지, 그건 지금의 나도 잘 모르겠다. 다만, 이런 소심한 나도 뮤지컬에 대한 열정과 관객들의 박수, 그 뜨거운 에너지가 주는 용기 덕분에 소심함은 잠시 접어두고 무대에 설 수 있는 것 같다.

오디션을 보거나 무대에 오를 때마다 긴장되는 건 여전하다. 수전증 환자처럼 악보를 들고 있는 손을 떨기도 한다. 그래서 난 스스로 어린 시절과 달라진 건 없다고 생각했던 것 같다. 하지만 내 주변에서 모두가 입을 모아 말한다. 뮤지컬을 하면서 내가 180도 변했다고.
'변했다'는 단어가 나에게 부정적인 느낌이 들어서인지, 내가 '변했다'는 말을 들으면 왠지 수긍하기가 어려웠다. 그러던 내가 어쩌면 주변에서 해주는 말이 맞을지도 모른다고 생각한 건 육아 예능 프로그램을 시작하고 그 프로그램을 처음 모니터했을 때였다.

내가 그렇게 목소리 큰 엄마인줄 그때 처음 알았다. 아이에게 말을 걸고 이야기를 해주는데 어찌나 발성이 쩌렁쩌렁하고 액션은 또 얼마나 큰지.
내가 변하긴 했구나 싶어 곰곰이 생각해보니, 간단하게는 입맛부터 취향, 생활 패턴 등 내 성격이나 사람을 대하는 태도, 습관들이 미세하게 달라진 것도 같다.

Das Musical Elisabeth

남들 앞에서는 말도 잘 못하던 내가, 열 명 앞에서 기도도 못하던 내가, 수천 명 앞에서 당당하게 노래를 부른다. 게다가 나도 모르는 사이에 점점 목소리와 액션이 커지는 직업병까지 생겼다.
주변을 돌아봐도 의외로 내성적인 성격의 배우들이 많은 걸 보면, 일과 성격은 별개의 것이라는 생각이 든다. 일을 하다 보면 성격은 내 직업에 맞게 변할 수도 있으니, 내가 좋아하는 일을 위해서라면 성격은 결코 장애가 되지 않아 보인다.

그래서 난 15년의 시간 동안 조금씩 당당해진 나의 변화가 반갑다. 그리고 타고난 성정까지 변화시킨 뮤지컬을 향한 내 열정이 고맙다.
앞으로 꾸준히 이 일을 해가는 동안 또 얼마나 변하게 될지는 모르겠다. 그러나 그때의 그 모습도 여전히 내 모습일거라 생각한다. 나는, 나만의 것이니까.

순백의 별빛 / 엘리자벳의 별 핀

뮤지컬 <엘리자벳> 공연장에는
작품의 이해를 돕는 소품들을 전시했었다.
그 중심에 엘리자벳의 초상화를
그대로 고증해서 완성한,
엘리자벳을 대표하는 의상인 별 드레스가 있다.

1막 엔딩에서 '나는 나만의 것'을 부르며
입었던 별 드레스는 엘리자벳이 가장 사랑했던
에델바이스 꽃을 자수로 하나하나 수놓은 것이다.
암울한 2막이 열리기 전, 그녀의 미모를
가장 돋보이게 했던 순백의 별 드레스와 별 핀은
세기의 미모로 칭송되는 엘리자벳의
이미지를 완성하는 최고의 소품이었다.

act.2

GAR NICHT

아무것도

뮤지컬의 매력은 참 많다. 눈과 귀를 모두 즐겁게 해주는 요소가 많은 건 모두가 인정하는 부분, 거기에 한 가지를 더한다면 내가 생각하는 뮤지컬 최고의 매력은 다양한 앵글이다.

영화나 드라마는 카메라가 비춰주는 곳, 카메라가 클로즈업 해주는 장면만 볼 수 있다. 전지적 카메라 관점에서 카메라가 보여주는 것만 볼 수 있다는 한계가 있는 것이다.
예를 들어, 어떤 드라마나 영화에서 '사무실 직원3'으로 나오는 배우만을 보고 싶다고 해보자. 많은 사람들이 아는 배우는 아니지만 나만 아는 그런 배우, 그리고 점점 비중 있는 역할을 맡아 '행인4'에서 무려 '사무실 직원3'이라는 역할을 맡게 된 그런 배우가 있다고 가정해 보자.

아무리 그 배우를 보고 싶어도 카메라가 비춰주지 않는다면, 아니 그 배우의 위치가 카메라 앵글에 들어오지 않는다면 영화나 드라마에서는 그 배우를 절대 볼 수 없다.

하지만 뮤지컬은 다르다. 나무 한 그루의 역할을 하는 배우라도 관객인 내가 그 배우를 주목하고 집중하면, 그 무대의 주인공은 '나무 한 그루'가 된다. 대부분무대 중앙에서 연기하는 배우에게 시선이 머물지만, 관객 모두의 시선이 무대의 중앙에만, 혹은 조명이 가리키는 곳에만 머무르는 것은 아니다.
뮤지컬은 수많은 배우 중 누구를 주목하고 있느냐에 따라 무대의 주인공은 누구라도 될 수 있다. 그렇기 때문에 무대에 오르는 배우는 단 한 사람도 무대를 허투루 준비할 수 없다. 무대에서는 누구라도 주인공이 될 수 있기 때문이다.

내게도 언젠가 아무리 무대에 오르고 싶어도 오를 수 없는 순간이 찾아올 것이다. 배우는 기본적으로 선택을 받는 직업이기 때문이다. 제 아무리 세상의 모든 오디션에 빠짐없이 지원한다고 해도 아무도, 어떤 극단도, 어떤 프로덕션도, 어떤 연출가도 불러주지 않는다면 그 배우가 설 무대는 없다.

나에게 무대가 허락되는 한, 매일매일 새로운 깊이로 무대가 주는 감동을 만들어 가고 싶다. 하루 또 하루 새로운 감각을 더해가는 배우가 되길, 매일이 새로운 배우가 되길 바라본다.

뮤지컬 <엘리자벳>은 오스트리아 합스부르크가의 마지막 황후 엘리자벳의 일대기를 각색한 작품이다. 호기심 많고 자유분방했던 어린 시절부터 준엄하고 철저하게 규제되는 왕궁의 비극적인 삶까지, 한 여성이 겪을 수 있는 인생의 희로애락을 모두 보여줄 수 있는 작품이었다.

화려함 뒤에 숨겨진 감옥 같은 삶, 매 순간 찾아오는 죽음의 유혹, 양육의 기회도 빼앗기고 아들의 자살까지 지켜봐야 했던 고통. 그런 요동치는 감정의 변화들은 그녀를 외면의 아름다움을 가꾸는 데 마음과 시간을 몰두하게 만들었다. 대본에도 몇 가지 등장하지만 기록을 찾아보니 그녀의 미(美)에 대한 집착은 상상을 초월했다.

음식 섭취를 철저하게 제한하거나 육즙만 마시기
승마와 운동으로 61세까지 19인치 허리 유지
우유로 전신 목욕
하루에 머리 빗는 시간만 평균 2시간
달걀과 코냑으로 한 달에 한 번씩 헤어 집중 케어
특별 제작한 가죽 마스크 안에 송아지 고기와 으깬 딸기를 넣은 수면팩

오늘날 초특급 스타도 실천하기 어려울 법한 황후 스케일의 미모 관리법이다. 문제는 그런 엘리자벳의 모습을 관객들이 납득할 수 있게, 다름 아닌 내가

무대에서 보여줘야 한다는 거였다.
'고통은 내재한 채 아름다움은 드러내야 하는 엘리자벳'
'죽음조차 빠져들게 만드는 극강의 아름다움'
출산 이후 처음 선택한 작품이었기에 나에겐 더욱 가혹했다. 엘리자벳이 갇힌 궁 생활에서 고통을 받았듯, 나 역시 역대 작품 준비 중 가장 혹독한 다이어트와 트레이닝을 거치며 고통스럽게 무대에 설 준비를 했다.
1년간의 공백이 불러온 엄청난 갈증이 아니었다면, 그때의 도전을 해낼 수 있었을까?

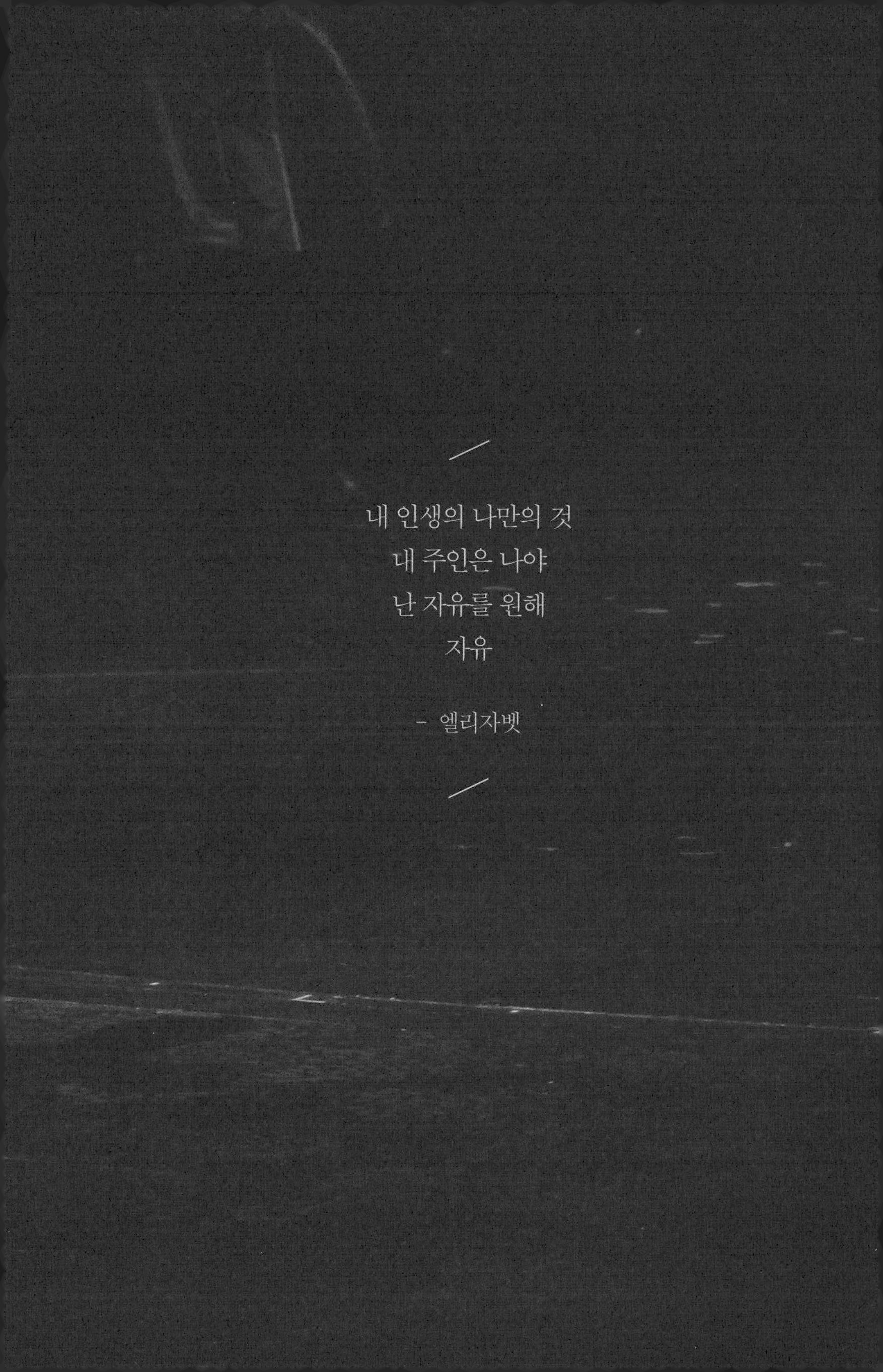

/

내 인생의 나만의 것
내 주인은 나야
난 자유를 원해
자유

– 엘리자벳

/

공연을 하고 나면 가장 기억에 많이 남는 건 아무래도 의상이다. 공연 기간 중 가장 애를 먹게 하는 것이니까. 뮤지컬 <엘리자벳>은 실존인물인 엘리자벳의 열다섯 살 소녀 시절부터 예순의 나이까지를 그린 작품이라 시간의 흐름에 따라 의상이 많이 달라졌다. 드레스의 실루엣은 엘리자벳이 나이가 들어가면서 확연히 달라졌고 심리 상태에 맞춰 전반적인 의상 톤도 바뀌었다.

<엘리자벳> 작품의 전체 무대 의상만 400벌이라고 한다. 한 벌이라 함은 액세서리, 속옷, 페치코트까지 다 포함된 것이니, 소품까지 계산하면 그 수가 실로 어마어마하다. 공연을 하면서 우리 의상 디자인팀이 얼마나 대단한지 다시금 놀랐었다.

<엘리자벳> 의상 중 가장 기억에 남는 건 어깨부분이 잠자리 날개처럼 가벼워 보이는 벨벳 드레스다. 보이는 것과 달리 이 드레스는 작품 중 가장 무거운 의상이었다. 아름답고 기품 있게, 그러나 중후한 위엄을 보여야 했기에 덧대어진 벨벳은 그 무게가 엄청났다.
그 의상을 휘두르며 토드와 싸우면서, 난 이제 강해지고 널 이길 거라고 당당하게 노래를 부르며 백스텝을 해야 하는데 의상이 너무 무거워 호흡에 '헉!' 소리가 섞여 나왔다. 정말 움직임을 컨트롤할 수 없을 만큼 압도적인 무게였다.

그러나 무대 의상 역시 배우가 감당하고 견뎌야 할 무게이다. 비록 빅토리아 시대의 화려한 의상들은 나를 힘들게 했지만, 공연장 로비에 전시될 만큼 관객들에게는 훌륭한 볼거리였으니 기쁜 마음으로 드레스의 무게를 견뎠던 것 같다.
'왕관을 쓰려는 자, 그 무게를 견뎌라'라는 말도 있지 않는가? 여왕의 역할을 하려는 자 역시 그 무게를 견디는 수밖에.

THE LAST EMPRESS

명성황후 明成皇后

2015.07.28~2015.09.10
예술의전당 오페라극장

2015.09.18~2016.03.27
제주, 인천, 창원, 천안, 여수, 군포, 울산, 경기 광주, 거제, 부산, 대구, 전남 광주, 이천, 김해, 수원, 일산, 성남

초연

1995 예술의 전당 오페라극장

작곡

김희갑

작사

양인자

대표곡

어둔 밤을 비춰다오
백성이여 일어나라
충주사가
별 하나 잠 못 들고

THE LAST EMPRESS

명성황후 明成皇后

뮤지컬 <명성황후>는 명성황후가 일본의 자객들에게 시해당하는 비극의 역사를 조명해 조선의 마지막 국모 명성황후의 인간적인 모습을 담은 작품이다. 이문열의 희곡『여우사냥』을 바탕으로 총 61곡의 넘버가 이어지는 송스루 Song-through 뮤지컬[1]로, 각색에 김광림, 작곡에 김희갑, 작사에 양인자가 참여한 순수 한국 뮤지컬이다.

명성황후 시해 100주년을 맞아 1995년에 초연된 이 작품은 한국 최초로 브로드웨이와 웨스트엔드에 진출했으며, 2015년에는 공연 20주년을 기념하여 스토리, 음악, 무대 등 전 부분에 걸쳐 완벽을 기함으로써 대한민국을 대표하는 국민 뮤지컬로 자리 잡았다.

---

1 1막부터 엔딩까지 대사가 아닌 노래로만 극이 이루어지는 뮤지컬을 말한다.

Empress Myeongseong

명성황후(민자영) 역

조선의 스물다섯 번째 왕비이자 대한제국의 첫 황후. 명성황후는 자신의 정치적 기반을 통해 고종황제를 보좌하고 왕권을 강화시켰으며 주변 강대국들과 세력 균형의 외교정책을 펼쳤다. 청일전쟁 이후 일본의 내정간섭이 심해지자 조선은 이를 견제하기 위해 친러배일 노선을 택하게 된다. 이에 위기감을 느낀 일본은 자객을 보내 명성황후를 암살한다. 한 나라의 국모임에도 일본의 자객들에게 시해당하는 비극적 결말을 맞게 되는 캐릭터이다.

어둔 밤을 비춰다오

사람마다 여행을 가면 반드시 찾는 곳이 있다. 스타벅스의 텀블러나 머그잔을 모으기 위해 여행하는 도시마다 스타벅스 커피숍을 찾기도 하고, 각 나라만의 햄버거를 맛보기 위해 맥도날드 매장을 찾는 것처럼 말이다. 나도 발 도장을 꼭 찍는 장소가 있다. 바로, 박물관!
어느 도시에 가더라도 나는 박물관은 꼭 들른다. 특히 역사박물관을 무척 좋아하는데 옛사람들이 사용하던 물건들만 봐도 심장이 쿵쾅거릴 만큼 흥분된다.

어릴 적 내 꿈은 고고학자였다. 인디아나 존스처럼 탐험가 복장을 한 채 오래된 유물을 찾으며 갖은 모험을 하고 싶었다. 모험가의 피가 내 몸에 흐르는 게 아닐까 싶을 정도로 비밀을 간직한 유적들을 보기만 해도 마치 몸 속 세포가 모두 살아나는 느낌이 들곤 했다. 이런 나의 취향 덕분에 여행을 가면 박물관은 꼭 들러야 하는 필수 코스가 됐다.

박물관 외에도 옛사람들이 살았던 장소를 찾아가는 것도 좋아하는데, 이와 같은 옛것에 대한 애착은 거기에 담긴 이야기들을 궁금해하는 나의 호기심 때문인 것 같다. 호기심을 풀기 위해 이야기를 하나하나 알아가는 과정들이 설렘을 주기 때문이다.

이런 내가 <명성황후>란 작품을 만났으니 딱 물 만난 고기였다. <명성황후>처럼 역사를 바탕으로 한 작품에 들어갈 때마다 그 배경 시대에 대해 공부하곤 하는데, 단지 캐릭터에 대한 이해를 위한 공부에 그치지 않는다. 당대 시대사나 인물에 대한 역사는 기본이고 복식사나 당시 여인들의 생활을 담은 미시사까지 살펴본다. 이는 <명성황후>뿐 아니라 <마리 앙투아네트>나 <엘리자벳>을 할 때도 마찬가지였다.
어떻게 그들이 먹고, 자고, 화장실을 가는지, 그리고 왕실의 예법과 대신들과의 관계를 알아가다 보면, 그 시대 사람들이 겪었을 역사적 배경과 감정에 조금은 더 가까이 다가가는 느낌이 든다. <명성황후>를 준비할 때는 그녀의 역사와 숨결이 담긴 덕수궁과 경복궁에 갔었다. '명성황후가 한 번은 걸었던 길이겠지'라는 생각에 명성황후란 인물이 더 가깝게 와 닿았다.

사실 명성황후에 대한 역사적 평가는 오늘날에도 여러 갈래로 나뉜다. 작품을 들어가기 전, 나 역시 대중이 생각하는 그녀와 극 중 배역으로서의 명성황후

사이에서 고민이 많았다.
그럴 수 있다면, 나는 명성황후에 대한 여러 평가들 사이에서 서로를 잇는 가교가 되고 싶었다. 무엇보다 다양한 시각으로 국모로서, 엄마로서, 아내로서, 며느리로서 파란의 역사 그 중심에 있었던 한 여자의 일생을 그리기 위해 노력했던 것 같다.

감사하게도 관객들은 역사적인 잣대보다 한 편의 서사로서 뮤지컬을 받아들이고 같은 아픔에 공감해주셨다. 비록 여전히 명성황후에 대한 평가는 엇갈리지만, 무대에 서는 우리도 그리고 무대 저편의 관객들도 모두 같은 역사를 간직하고 있는 '우리'라는 것을 느낄 수 있었다.

나를 위한 신발 / 고무신

명성황후의 무대 의상은
초연 후 20년이 지났어도 지금까지 사용하고 있다.
첫 제작 당시 아주 귀하고 좋은 옷감을 사용했는데
지금은 다시 그때와 같은 옷감을 구할 수 없을 정도라고.

그토록 하나하나 소중한,
20년의 역사가 담긴 아름다운 의상과 소품 속에서도
나에게 구원과 같았던 소품은 따로 있었다.
바로, 고무신.

<명성황후>를 하면서 처음으로 발톱이 두 번이나 빠졌다.
아마도 딱딱한 꽃신을 신고
경사진 무대를 종횡무진 뛰어다녔기 때문인 것 같다.
발이 아파서 무대 밖에서는
절뚝거리며 다니는 내가 안쓰러워 보였는지
소품팀에서 특별히 고무신을 준비해줬다.
화려함이야 꽃신에 비할 수 없지만,
이 고무신에는 20년의 관록보다 더 빛난
스태프들의 고마운 마음이 담겨있다.

기꺼이 그 짐을 지기는 지기오만
누가 나에게 빛을 다오
어둔 밤을 비춰다오

– 명성황후

act.2

백성이여 일어나라

나에게는 요주의 취미가 있다. 공연을 앞두고는 위험한 취미다. 공연 중에는 더더욱 멀리해야 하는 취미이기도 하다. 다만, 그 취미는 내 스케줄과는 상관없이 진행되기 때문에, 어떻게 해서든 기회가 생기면 사수하려는 노력이 대단하다. 내가 생각하기에도.

그 위험천만한 취미는 바로 축구 시청!
특히 A매치 경기가 진행되면 난 걷잡을 수 없는 흥분 상태에 빠진다. 문제는 거기서 시작된다. 공만 가로채도 흥분한 소프라노는 소리를 지르기 시작한다. 평생 해야 할 발성을 그 경기 하나에 다 쏟아 부으며 성대고 목청이고 그 순간은 모든 걸 내려놓은 채 응원에만 빠져든다.
그러니 공연을 앞두고는 묵언수행을 하는 사람처럼 소파에 앉아 묵묵히 시청

해야 한다. 하지만 어디 축구가 사람을 그렇게 점잖게 해주는 스포츠인가? 흥분을 참을 수 없는 순간이 오면 소리를 지르기도 한다. 응원은 그렇게 지르는 맛이니까!

그렇게 오매불망 축구를 사랑하던 내게 엄청난 순간이 찾아왔다. 2013년 K리그 올스타전에 축가를 부르러 가게 된 것이다. 심지어 2013년은 프로축구 출범 30주년이 되는 해여서 11명의 전설적인 축구 영웅들이 자리에 함께 했는데, 하프타임에 나는 'Memory'를 부르며 그분들께 꽃을 전하는 영광을 누렸다.

사실 운동화를 신고 셔츠에 수건까지 두른 채 현장을 즐기고 싶은 마음이 가득했지만, 분명 그랬다면 하프타임에 목소리도 안 나왔을 것이다.
비록 정장을 입고 화장 곱게 하고 'Memory'를 부르는 것이 그날 내가 맡은 역할이었지만, 그런들 어떤가? 그동안 기쁜 마음으로 환호하고 연호했던 축구 영웅들에게 좋은 추억을 선물해줘서 감사하다고 인사했으니 축구 팬은 그저 행복할 따름이다.

뮤지컬 <명성황후> 20주년 공연을 준비하면서 연습실에 들어설 때마다 왠지 모르게 가슴이 벅차올랐다. 연습부터 런스루까지 진행된 남산창작센터의 한쪽 벽면에 이런 문구가 붙어있었기 때문이다.

'우리는 대한민국 뮤지컬의 새 역사를 쓰는 주인공들이다!'

우리나라 창작 뮤지컬의 큰 획을 그은 <명성황후>에 참여하면서 라이선스가 아닌 한국 뮤지컬의 힘에 다시 한 번 매료됐다. 불과 100여 년 전의 우리 역사를 다룬 이야기와 우리 가락이 담긴 음악은 귀가 아닌 가슴으로 전해져 어떤 작품보다 빠르게 몰입할 수 있었다.
클래식은 배워서 익히는 것이라면 국악은 수천 년의 시간 동안 우리네 정서에 아로새겨져 있어서일까? 첫 보컬 런스루 때 음악이 흘러나오자 눈물이 울컥 터져 나왔다. 이런 교감은 공연 때도 이어졌는데 '백성이여 일어나라'를 부를 때면 함께하는 배우들은 물론 관객까지 한마음이 되는 뭉클한 감동이 있었다. 마치 올림픽에서 애국가가 울려 퍼지고 태극기가 올라갈 때의 울컥하는 기분이랄까?

오랜 시간 깎고 다듬은 좋은 작품, 배우와 관객이 공감한 작품은 배우의 몰입까지 자연스럽게 리드하는 힘이 있다. 그렇게 좋은 작품을 하게 되면 무대에 오른 순간, 나는 더 이상 내가 아니고 물 흐르듯 자연스럽게 극으로 흡수되어

무중력 상태와도 같은 몰입의 순간을 경험하게 된다.

마지막 신scene이 되어 가장 극적인 장면에 이르면 캐릭터와 내가 더더욱 물아일체가 되는데, 그 벅찬 감정에 못 이겨 매 공연 울음을 터뜨렸다. 눈물은 관객의 몫으로 남겨둬야 한다고 선배들이 누누이 말씀해주셨건만, 나는 차마 관객에게 눈물을 양보하지 못하는 욕심 많은 배우인가 보다.

The Last Empress

<엘리자벳>과 <마리 앙투아네트>를 통해 일대기 뮤지컬을 해봤지만, 매 공연마다 한 사람의 일생을 재연하는 것은 꽤 많은 체력을 필요로 한다. 심지어 낮과 밤, 2회 공연을 하는 날은 하루가 백 년처럼 길게 느껴진다.
세계사 속 한 장면에서 봤던 앞선 작품들과는 달리 우리나라의 역사 속 인물을 그린 작품은 <명성황후>가 처음이었다. 거기다가 많은 분들에게 오랫동안 사랑받은 작품이었기에 그 부담감은 나를 더 압박했다.

그래서 나의 시크릿 노트에 대본을 옮겨 적고 하나하나 라벨을 붙여가며 장면마다 표현해야 하는 감정과 동선을 체크했다. 그러고는 중간에 명성황후의 연표를 적고 외웠다. 16세 결혼, 22세에 대원군 축출 상소를 올리고, 31세에는 임오군란을 겪고 탈출하는 등 그녀의 인생을 적다 보면 가슴 속에서 응어리 같은 게 올라왔다. 유교 국가의 왕비가 부딪혀야 했던 수많은 유리 천장과 노기 어린 시선들을 어떻게 참아냈을까. 대사를 외우면서도 같은 여자로서 울컥하는 마음이 가시질 않았다.

그러나 동시에 강인하고 카리스마가 넘치는 명성황후의 모습을 보여줘야 했기에 내면적으로 강인해지려고 노력했다. 해외 문헌이나 기록을 살펴보니, 명성황후는 상냥하고도 현명한 여자였다는 설명이 많았다. 그러면서도 여린 성정을 가졌다는 내용도 참고했다.
카리스마와 강인한 여자라는 인식은 어쩌면 역사 속에서 만들어진 편견은 아니었을까? 그렇다면 외유내강의 명성황후를 그려보자고 마음먹었다. 민자영 이란 여인의 부드러운 카리스마를 말이다.

<명성황후>는 동일한 연출, 동일한 대사, 동일한 노래라도 배우에 따라 전혀 다른 느낌을 주는 작품이라는 연출님의 조언은 큰 힘이 되었다. 선배들이 일궈놓은 명성에 누가 되지 않게, 그러나 또 다른 20년을 준비하는 새로운 <명성황후>의 시작에 함께 할 수 있어서 행복했다.

뮤지컬 구성의 다양한 갈래

춤, 노래, 연기를 한 무대에서 볼 수 있는 종합 예술, 뮤지컬.
최근에 뮤지컬의 구성요소를 다양하게 변주해 새로운 볼거리와 들을 거리를 제공하는 뮤지컬이 많아지고 있다.

주크박스 뮤지컬
Jukebox Musical

예전의 인기 대중음악으로 뮤지컬 넘버와 스토리를 구성한 뮤지컬을 말한다. 대중에게 사랑 받아온 곡들을 극에 맞게 넣어 구성한 뮤지컬로, 대표적인 작품은 그룹 ABBA의 곡들로 구성한 <맘마미아>, 엘비스 프레슬리의 히트곡으로 완성한 <올슉업> 등이 있다.
국내 뮤지컬로는 故 김광석의 곡들로 완성한 <그날들>이 있다.

댄스 뮤지컬
Dance Musical

춤으로만 한 편의 뮤지컬을 완성한 작품을 말한다. 실험적인 구성으로 점차 대중에게 사랑을 받아가고 있는 장르로, 대표적인 작품으로는 <매튜 본의 백조의 호수>와 안무가이자 연출가인 수잔 스트로먼의 <컨택트>가 있다.
국내에서도 <사랑하면 춤을 춰라>라는 창작극이 2004년에 무대에 올랐으며, 이 밖에도 <비보이를 사랑한 발레리나>가 대표적인 댄스 뮤지컬로 큰 사랑을 받고 있다.

넌버벌 퍼포먼스
Non-verval Performance

대사 대신 퍼포먼스가 극을 이끌어 가는 장르다. 언어를 배제해 뮤지컬로의 구분이 명확하지 않으나 안무, 음악, 리듬이라는 다양한 비언어 코드를 활용해 국경을 초월한 퍼포먼스와 이야기의 결합이라는 면에서 뮤지컬과 맥락을 같이 한다고 볼 수 있다. 대표적인 작품은 탭댄스를 다양한 무대적 구성으로 엮어 만든 <탭덕스>와 소도구 활용 퍼포먼스인 <스톰프>가 있으며, 국내 작품으로는 <난타>와 <점프>가 있다.

송스루 뮤지컬
Song-through Musical

1막부터 엔딩까지 대사가 아닌 노래로만 극이 이루어지는 뮤지컬을 말한다. 보통의 뮤지컬이 넘버 사이에 대사를 주고받으며 극이 진행되는 것과 달리, 송스루 뮤지컬은 극에 필요한 배경과 캐릭터 설명은 물론 스토리의 전개가 모두 노래로 채워진다. 대표적인 작품으로 <레 미제라블>, <벽을 뚫는 남자>, <노트르담 드 파리>, <명성황후> 등이 있다.

제작 국가별 뮤지컬

브로드웨이와 웨스트엔드로 대표되던 뮤지컬은 유럽 뮤지컬의 등장으로 좀 더 풍성한 레퍼토리와 극적인 긴장감이 더해졌다. 여기에 우리의 정서와 역사를 기반으로 한 창작 뮤지컬의 흥행은 뮤지컬 춘추전국시대를 열었다.

브로드웨이 & 웨스트엔드 뮤지컬

세계 뮤지컬 시장을 양분하고 있다고 해도 과언이 아닌 미국의 브로드웨이와 영국의 웨스트엔드 뮤지컬은 언어와 장르가 같다는 점을 제외하고는 각각의 개성이 뚜렷하다.
브로드웨이 뮤지컬은 화려한 한 편의 쇼를 연상시키는 스타일인데 반해 웨스트엔드 뮤지컬은 드라마와 음악을 중시한다. 대표적인 브로드웨이 뮤지컬로는 <브로드웨이 42번가>와 <프로듀서스> 등이 있으며, <오페라의 유령>, <캣츠> 등은 웨스트엔드에서 탄생한 작품들이다.

프랑스 뮤지컬

〈노트르담 드 파리〉, 〈십계〉, 〈로미오 앤 줄리엣〉으로 대표되는 프랑스어권 뮤지컬을 말한다. 프랑스 뮤지컬의 특징은 대규모 공연장에서 화려하고 웅장한 무대를 선보이는 스펙터클한 작품이 주를 이룬다는 점이다. 또한 노래를 부르는 배우와 춤을 추는 무용수가 나뉘는 경우가 많고, 오케스트라나 밴드의 현장 연주가 아닌 녹음된 MR을 사용한다.

비엔나 뮤지컬

오스트리아 빈을 중심으로 한 독일어권 뮤지컬이다. 비엔나 뮤지컬의 특징은 다작이 아닌 한 작품에 충분한 시간과 노력을 투자해 퀄리티가 보장된 작품을 완성하는 데 있다. 최소 기본 5년 이상 작품을 다듬고 만들기 때문에 기존의 작품들에 비해 그 차이가 확연하게 드러난다. 우리에게 소개된 비엔나 뮤지컬은 <모차르트!>를 필두로 <엘리자벳>, <황태자 루돌프> 등이 있다.

대한민국 창작 뮤지컬

국내에서 제작해 브로드웨이와 웨스트엔드에 진출한 <명성황후>, 괴테의 동명 소설을 세계 최초로 뮤지컬로 탄생시킨 <젊은 베르테르의 슬픔>은 국내 창작 뮤지컬의 대표적인 성공 사례이다. 이밖에도 한국적 색채가 강한 우리만의 뮤지컬이 지속적으로 제작되고 있으며, <젊은 베르테르의 슬픔>과 같이 외국 소설을 바탕으로 우리의 음악과 각색이 더해져 롱런하는 작품들도 있다.

GONE WITH THE WIND

바람과 함께 사라지다

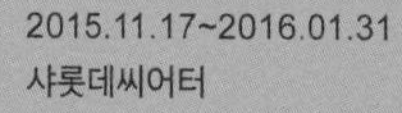

2015.11.17~2016.01.31
샤롯데씨어터

초연
2004 프랑스 팔레 데 스포르 드 파리(Palais des Sports de Paris)에서 초연
2015 예술의전당 오페라극장에서 한국 초연
작곡
제라르 프레스귀르빅(Grrard Presqurvic)
작사
제라르 프레스귀르빅(Grrard Presqurvic)
대표곡
맹세(Je jure)
사랑했어(Je vous aimais)
그런 여자 아니야(Nous ne sommes pas)

GONE WITH THE WIND

바람과 함께 사라지다

뮤지컬 <바람과 함께 사라지다>는 1936년에 출간된 마가렛 미첼의
소설을 원작으로, 1939년에 제작된 영화 <바람과 함께 사라지다>를
바탕으로 만들어진 프랑스 뮤지컬이다. 미국 남북전쟁 후의 남부를
무대로 스칼렛 오하라라는 여성의 인생 역정을 담아낸 작품으로,
영화나 소설과는 달리 뮤지컬에서는 원작에서 부각되지 않았던
노예 해방의 메시지를 화려한 앙상블의 무대로 펼쳐냈다.

도브 아티 Dove Attia와 알베르 코헨 Albert Cohen이 프로듀서를 맡았으며,
뮤지컬 <로미오 앤 줄리엣>의 성공신화를 써나가는 유럽의 마에스트로
제라르 프레스귀르빅 Grrard Presqurvic의 아름다운 넘버에
카멜 우알리 Kamel Ouali가 안무와 연출을 맡았다.
프랑스 최대 공연장인 팔레 데 스포르 드 파리에서 초연된 이후
단 9개월 만에 약 90만 명의 관람 기록을 세운 작품이다.

Scarlett O'Hara
스칼렛 오하라 역

남부러울 것 하나 없는 남부 대농장주의 철부지 딸. 타고난 미모로 많은 청년들에게 구애를 받지만, 그들을 거부하고 다른 여인을 사랑하는 이웃청년 애슐리를 사랑한다. 도도하고 철없는 부잣집 아가씨에서 전쟁을 겪으며 강인한 여성으로 농장을 다시 일으키는 캐릭터이다.

JE JURE / 맹세

어린 시절, 약사 부부가 함께 운영하는 약국을 보며 같은 직업을 가진 두 사람이 부부로 사는 건 어떤 느낌일지 궁금해 한 적이 있다. 그저 궁금했던 남의 일상일 뿐이었는데, 내가 뮤지컬 배우와 결혼해서 살고 있다. 나와 같은 직업을 가진 이와 결혼하게 될 거라곤 상상도 해보지 않았는데 말이다.
같은 직업을 가진 부부의 삶이 어떤지 다른 직업은 잘 모르겠다. 하지만 뮤지컬 배우끼리의 결혼 생활에 대해선 할 말이 많다.

우선, 직업의 특성상 장점이 도드라진다. 아마도 다른 직업을 가진 사람과 결혼했다면, 내 직업과 이 일을 해나가는 시스템을 설명하는 데 몇 년이 걸리지 않았을까? 예를 들어, <엘리자벳>이나 <명성황후> 같은 작품은 처음부터 끝까지 거의 모든 장면에 내가 등장하기 때문에, 공연 전 연습 시간은 오전 10시부터 오후 10시까지 거의 12시간 가까이 된다. 초죽음이 되도록 연습에 매진하고 집에 돌아오면 그대로 기절 상태. 이런 연습 기간이 평균적으로 2달 이상 이어지고, 공연이 시작되면 스케줄과 컨디션은 모두 공연 일정에 맞춰 돌아가게 된다.
아무리 사랑하는 사이라고 해도 이 시스템을 설명한다고 한들 누가 이해하고, 이 생활의 밸런스를 맞춰줄 수 있을까? 그러나 배우자가 동종업계, 아니 나와 똑같은 직업을 가지고 있는 사람이기에 연습 과정부터 무대에 오르는 어려움까지 굳이 말하지 않아도 다 이해해준다.

또한 무대 위에서 굴곡이 있는 삶을 살기 때문에 현실과 무대의 균형을 맞춰야 하는데, 같은 배우인 남편이 함께 그 무게 중심을 잡아주니 큰 도움이 된다.

"정신 차려, 당신이 왕비야?"

가끔은 "빨리, 빨리!"를 외치는 교관처럼 현실 복귀를 너무 빠르게 시키려고 해서 울컥 화가 나기도 하지만 말이다.

모든 사물엔 양면성이 있듯 같은 직업이다 보니 일도 가정도 지인이나 동료 멤버도 모두 공유해야 한다는 게 아무래도 가장 큰 단점이다. 비밀이라거나 하얀 거짓말, 혹은 사생활 같은 건 넣어두는 게 좋다.
회식 자리에서 망가져도, 심지어 어떤 술을 몇 잔 마셨는지까지도 바로 보고되는 시스템이니 비밀 따위가 있을 수 없다. 공연팀 MT를 가도 내가 몇 시에 나왔는지 남편이 바로 알게되니, 숨기려야 숨길 수 없는 '정직'이 최선인 그런 삶을 살고 있다.

그래서 최대한 남편에게 자유를 주려고 노력한다. 같은 일을 하지만 각자의 일과 영역을 존중하는 것, 오래오래 같은 일을 해나가기 위해 필요한 마음가짐이라고 생각한다.

"준호 씨~ 근데 어제 회식 몇 시에 끝났다고?"

두 번째, 그럼에도 낯선 감촉

/ 스칼렛의 권총

내 연기 인생에서 총이란 소품을 사용한 건 딱 두 번.
처음은 <웨스트사이드 스토리>였다.
그때는 그저 손에 들고만 있던 소품이었지만,
<바람과 함께 사라지다>에서 다시 만난 권총 소품은
이전과는 느낌이 전혀 달랐다.
디테일이 살아있는 소품이라 더 떨렸는지도 모르지만
이번에는 권총으로 사람을 쏘는 장면을 연기해야 했다.

아쉽게도 군 미필자라 총을 만져본 적도 없기에
총을 제대로 잡는 법부터 공부해야 했다.
총을 쏘는 사람의 행동과 그 후 몸의 반응까지,
그 느낌을 상상하기 위해 동영상도 보고 영화도 찾아봤다.
그야말로 연기에 불과했지만
그 어떤 것보다 두려웠던 소품.

JE VOUS AIMAIS

사랑했어

그동안 맡았던 역할 때문인지 많은 분들이 나의 평소 성격이나 취미에 대해 오해를 하시는 것 같다. 요리나 꽃꽂이, 자수 같은 취미가 연상된다는 말을 듣고 꽤나 당황스러웠던 기억이 있다. 다행히 예능 프로그램을 하면서 대중이 보는 나와 진짜 나 사이의 간극이 최근에야 조금 줄었지만, 여전히 내 취미가 '스타크래프트' 게임이었다고 하면 놀라는 분들이 많다.

나에 대한 오해 섞인 시선 또 하나. 지나치게 곱게 자란, 부잣집 아가씨라는 편견이다. 심지어 <오페라의 유령> 오디션에 합격했을 때는 뮤지컬계에서 아무도 모르는 여자애가 크리스틴이 됐다며 아버지가 뮤지컬에 거액의 투자를 한 게 아니냐는 웃지 못할 소문도 났다고 한다.
물론 굉장히 어렵거나 힘들게 어린 시절을 보내진 않았다. 여느 아이들처럼 부

모님의 사랑과 지원 속에서 행복하게 성장했던 것 같다. 그 점에 대해서 늘 부모님께 감사드린다. 하지만 대학 때부터는 용돈을 받지 않고 '알바'로 버텼을 정도로 성인이 된 이후로는 부모님께 기대지 않았다. 아래로 동생이 둘이나 있는 맏이라서인지, 성인이 된 이후로는 자기 용돈 정도는 스스로 벌어야 한다는 생각을 했던 것 같다.

다시 취미 얘기로 돌아가면, 한때 나는 스타크래프트 게임에 푹 빠져있었다. 나의 게임에 대한 열정이 절정에 달했을 때는 <마이 페어 레이디> 연습 시기였다. 그때 멤버들이 모두 게임을 좋아해서 연습이 끝나고 시간만 맞으면 PC방에 가서 5~6시간씩 컵라면을 먹으며 게임을 했었다.
'스타크 마니아' 시절 때는 남자들과 붙어도 별로 진 기억이 없다. 종족은 프로토스. 프로토스 드라군과 캐리어를 뽑는 데 열중했을 때는 4:4 게임에서 보통 3위권 안에 드는 실력이었다.
물론 스타크래프트는 오래 전 취미가 됐다. 다행히 게임에 대한 나의 열정이 아이를 업고 PC방에 갈 만큼은 아닌 것 같다. 이제는 아들과 함께 색칠 공부를 해야 할 때가 온 거겠지?

이제는 추억 속으로 사라진, 나의 또 다른 취미가 있다. 공연이 끝나고 허탈한 마음이 들 때면 밤 드라이브를 즐겨 해왔다. 그래서 데뷔 초부터 오랜 기간 타고 다닌 차에 엄청난 에너지를 쏟아부었는데, 자동차 마니아분들과 비할 수는 없겠지만 나름 자동차 튜닝을 즐겼던 것 같다.

무대 위 배우에 대한 고정관념 때문일까? 나에게 바라는 모습이 따로 있어서인지 의외의 이미지라는 반응을 들을 때면 때론 안심하기도 한다. 중세의 귀족전문 배우라는 고정관념이 들 만큼 내가 그 역할에 최선을 다했구나 하는 안도의 한숨. 세월이 지나 취미는 바뀌어도 무대로 향하는 발걸음은 오늘도 변함없다.

당신을 사랑해요
깨닫지 못했을 뿐

- 스칼렛 오하라

어릴 때부터 <바람과 함께 사라지다>란 영화를 참 좋아했다. 비현실적으로 예쁜 비비안 리의 외모와 한 줌밖에 안 되는 허리는 물론, 세기의 포스터로 남아 있는 노을 아래 키스신 등은 소녀 감성을 자극하기에 충분한 영화였으니까.
하지만 뮤지컬 <바람과 함께 사라지다>를 준비하면서 영화를 다시 찾아보거나 참고하지는 않았다. 이미 유명한 장면들은 모두 기억날 만큼 많이 봐오기도 했지만, 비비안 리의 연기나 그녀가 만든 스칼렛에 대한 이미지에 갇히게 될까봐 경계심이 들었기 때문이다. 대신 원작 소설은 밑줄을 쳐가며 여러 번 정독했는데 덕분에 그녀의 복잡한 심경이나 전쟁이란 시련 앞에 요동치는 그녀의 삶을 훨씬 더 이해하게 됐다.

어린 시절의 스칼렛은 도도하면서도 왈가닥이고 고집이 세지만 순수하고 철부지인 성격이었기에, 나는 어려보이는 게 아닌 정말 어린 스칼렛이 되어야 했다. 더군다나 한 인물이 1막과 2막에서 극과 극의 모습을 보여주는 작품이니, 연기의 스펙트럼을 넓히는 데에는 이만큼 매력적인 캐릭터는 없을 것 같았다.
이 작품의 또 다른 매력은 네 명의 레트 버틀러와 공연을 하기 때문에 상대 배우에 따라 모두 조금씩은 다른 스칼렛을 보여주는 묘미가 있다는 점이다. 덕분에 하나의 캐릭터로 다양한 변주를 할 수 있었다.

영화와는 달리 약간의 열린 결말로 마무리되는 이 작품은, 공연하는 배우에게도 또 관객의 입장에서도 작품에 대해 생각할 여지를 남기는, 새로운 여운을 주는 공연이었다.

세월이 지나
취미는 바뀌어도
무대로 향하는 발걸음은
오늘도 변함없다

<삼총사> 이후 남편과 내가 같은 작품에서 만났다. 하지만 한 번도 같은 시간의 공연에 서지는 않았다. 뮤지컬 <삼총사> 공연 때는 딱 한 번 무대 위에서 만났지만, 이번 <바람과 함께 사라지다>에서는 한 번도 없었다.
솔직히 나는 남편과 같은 공연, 같은 무대에 서는 걸 그동안 계속 피해왔다. 의외로 극장에 우리 부부가 함께 나오는 회차를 묻거나, 같이 무대에 서는 걸 보고 싶다는 문의가 많았다고 하는데, 사실 어떻게 하는 게 좋은지는 아직도 의문이다.

TV 프로그램에서 남편과 듀엣곡을 부르는 것과 뮤지컬 무대에 남편을 상대 배우로 만나는 것은 전혀 다르다. 함께 듀엣을 하고 노래로 인사를 드리는 건 노래를 전공한 부부로서 어려울 게 없다. 하지만 뮤지컬 무대에선 각자 맡은 캐릭터가 있다. 이미 방송으로 사생활이 노출된 부부가 함께 나와서 작품 속

캐릭터로 관객을 설득시키기는 쉽지 않을 것이다.

그래서 난 이번 공연은 같은 회차 공연도 없으니 연습 때부터 각자 모르는 사이처럼 지내자고 남편에게 제안했다. 그냥 스칼렛과 애슐리로 공연에 임하자고.

그러나 내 남편은 파이팅이 넘치는 사람이었다. 게다가 엄청난 장난꾸러기인 것을 내가 잠시 잊었나 보다. 남편은 연습 내내, 리허설 내내 나와 마주치기만 하면 배우들이 듣든 말든 이 말을 되풀이하며 나를 당황과 절망의 구렁텅이로 빠뜨렸다.

"소현아 나랑 사귈래? 소현아 결혼할래?"

GREASE

그리스

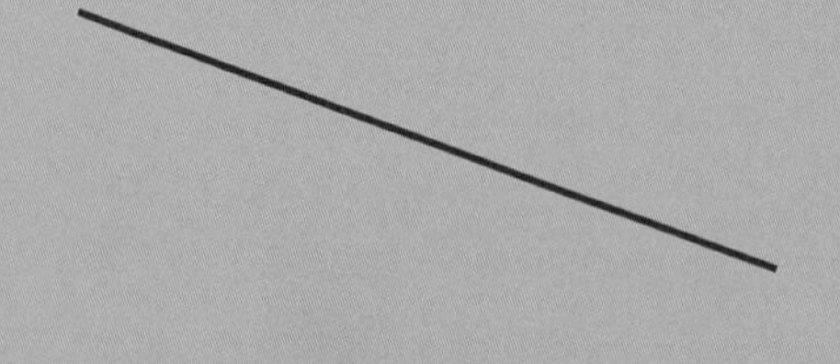

2003.06.07~2003.06.29
예술의전당 CJ 토월극장

2003.08.08~2003.11.16
동숭아트센터 동숭홀

2006.08.24~2006.09.09
국립극장 해오름극장

2006.11.17~2006.12.25
나루아트센터 대공연장

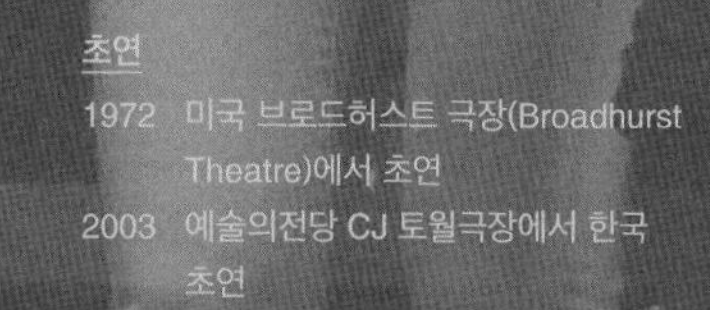

초연

1972 미국 브로드허스트 극장(Broadhurst Theatre)에서 초연

2003 예술의전당 CJ 토월극장에서 한국 초연

작곡

짐 제이콥스(Jim Jacobs)

워렌 캐시(Warren Casey)

작사

짐 제이콥스(Jim Jacobs)

워렌 캐시(Warren Casey)

대표곡

여름 밤들(Summer Nights)

내가 원하는 건 너야(You`re The One That I Want)

우리 함께 가요(We Go Together)

GREASE

그리스

1950년대 미국 고등학생들의 사랑과 방황, 성장을 주제로 한 뮤지컬 <그리스>는 1972년 브로드웨이 초연 이후 이를 원작으로 제작한 영화 역시 큰 사랑을 받으며 브로드웨이 장기 흥행에 돛을 달았다. 1972년 초연부터 1980년까지 무려 3,388회 공연이라는 대기록을 세웠는데, 이는 <코러스 라인>이 그 기록을 깨기 전까지 브로드웨이의 최다 공연 기록이었다.

2003년에 한국 초연을 올린 <그리스>는 극 중 한 장면이 당시 CF로 제작될 만큼 국내에서도 큰 인기를 누렸다. 상큼한 넘버와 역동적이고 발랄한 안무로 새로운 자유를 표방하는 1950년대 미국 청소년들의 꿈과 열정을 느낄 수 있는 작품으로 현재까지도 폭넓은 사랑을 받고 있다.

Sandy

샌디 역

사랑에 대한 순수한 환상과 낭만을 갖고
있는 여학생. 지난 여름 해변에서 우연히
만난 대니라는 남학생에게 마음을 뺏긴다.
여름방학을 마치고 새 학기를 맞아 샌디는
여학생 그룹 핑크레이디 Pink-lady파
친구들과 친해지게 되면서 티버드 T-bird파의
대니를 다시 만나게 된다. 오해와 갈등 속에
진정한 사랑에 눈뜨게 되는 샌디는 순진한
여고생에서 성숙한 여인으로 성장한다.

SUMMER NIGHTS

여름 밤들

많은 배우들이 말한다. 작품이 끝나고 나면 공허하다고.
나 역시 모든 걸 다 쏟아낸 무대 뒤에서 쓸쓸함을 느끼곤 한다. 특히 <그리스> 공연이 막을 내렸을 때, 그때만큼 무대 위와 무대 뒤의 감정이 큰 곡선을 그리며 요동쳤던 적은 없었던 것 같다.

대학 시절, 내 또래 친구들은 금요일 밤이면 지금의 클럽 같은 나이트클럽으로 가곤 했다. 하지만 학교와 집밖에 모르는 답답한 학생이었던 나는 그런 문화조차 즐기려 하지 않았다. 지금 돌아보면 왜 그렇게 답답하게 지냈는지 후회도 되지만, 당시엔 그게 옳다고 믿었고 '학교-집-콩쿨 준비'의 쳇바퀴가 재밌고 당연하게 여겨졌다.
그래서인지 나의 뮤지컬 세 번째 작품인 <그리스> 무대는 매일이 파티처럼 느껴졌다. 또래의 배우들과 신나게 노래하고 춤추며 무대 위에서 즐기다 보면 매일매일의 공연이 나에겐 파티 같고 클럽 같았다. 처음 경험하는 '불금' 같은 일상이랄까? 그러다 보니 공연을 마치고 샌디 분장을 지운 뒤 혼자 남은 순간, 엄청난 허탈감이 찾아왔다.

주체할 수 없는 공허한 마음이 밀려오면 나는 한밤중에 드라이브를 하곤 했다. 강변북로로, 올림픽대로로 달리다 보면 내 일상과 무대의 간극이 조금은 구분되어 보이기도 했다. 또래의 젊은 남녀들이 데이트 성지라 부르고 이용하는 한강 고수부지를 난 그렇게 공연 후 허탈한 마음을 안고 혼자 달려가곤 했다. 아마 그 당시 고수부지에 서있던 수많은 차들 중 여자 혼자 타고 있던 차는 내 차가 유일하지 않았을까?

어떤 공연이든 분장을 지우고 일상복으로 갈아입은 후 거울에 비친 모습을 볼 때면 마음이 텅 빈 것 같은 느낌이 든다. 무대 위에서 화려한 의상과 분장을 한 채 박수를 받으며 내려온 나는, 무대 아래의 나와 전혀 다른 존재인 것 같아 혼란스럽다. 12시가 지나버린 신데렐라가 이런 느낌이었을까?

하루의 반을 무대와 일상으로 나눈 삶을 살아야 하기에 늘 긴장을 안고 산다. 한껏 부풀어 올린 가체를 쓰고 고고한 모습을 보여야 하는 무대 위의 나, 그리고 아이가 흘린 음식을 아무렇지 않게 집어먹는 엄마로서의 나. 그런 일상과 무대의 경계를 무너뜨리지 않기 위해 늘 긴장 속에서 지내는 것 같다.
다행히 지금 내겐 아무리 공연이 늦게 끝나고 체력이 달려도 이른 아침부터 "엄마, 엄마, 엄마, 엄마, 엄마, 엄마, 엄마!!"를 부르며 진짜 일상의 아침을 깨워주는 아들이 있다.
그뿐인가? 뮤지컬 스토리에 빠져 캐릭터의 기구함에 흠뻑 젖어 위태위태한 감정을 가진 채 집에 들어가면 "정신 차려, 김소현!"을 외쳐주는 동업자 남편도 있다.

만약 내가 결혼을 하지 않았다면, 무대를 마치고 혼자서 이런 감정을 추슬러야 했다면 어땠을까? 여전히 내 캐릭터에 휘둘리고, 공연의 여운에 빠져서 힘겨워했겠지. <그리스> 공연 후 쓸쓸했던 그 밤들처럼.

T-birds

NG와 함께 사라지다 / 샌디의 팔찌

기억 속 비운의 소품을 하나 꼽으라면
난 주저 없이 뮤지컬 <그리스>의 꽃팔찌를 선택하겠다.
이 꽃팔찌는 졸업파티인 프롬에서
대니가 샌디의 팔목에 묶어주는 팔찌였는데
무대에서 대니가 거의 손에 꼽을 정도로
팔찌 묶기에 성공을 한 나머지
나중에 무대에서 영영 사라진,
일명 퇴출당한 비운의 소품이기 때문이다.
"대니, 이게 그렇게 안 대니?"

YOU'RE THE ONE THAT I WANT

내가 원하는 건 너야

음악을 사랑해서 클래식을 전공했고, 그 전공을 살려 뮤지컬 배우를 하고 있다. 수많은 뮤지컬 넘버를 들으며 새로운 음악과 장르, 감미로운 선율에 감동도 많이 받았다. 또한 최근 <불후의 명곡>에 출연하면서는 여러 장르를 넘나들며 새로운 음악, 세월을 뛰어넘는 명곡도 듣고 있다.
오글거리는 표현일 수도 있겠지만, 내 삶을 돌아보면 나는 언제나 음악과 함께였다. 클래식 음악과 수많은 뮤지컬 넘버들을 들으면서 말이다.

하지만 이런 내게 평소에 어떤 음악을 듣는지 물어본다면 이렇게 대답하겠다.
"전 음악을 듣지 않습니다."
반전을 노린 답은 아니지만 평생을 음악 속에서, 음악을 하며, 음악이 있는 환경에서 일하다 보니 청각이 많이 예민해졌다. 오케스트라와 리허설을 하고, 무대에서도 쩌렁쩌렁한 음향으로 음악을 듣다 보니, 그 외의 시간에는 음악을 듣고 싶지 않을 때가 많다.

그래서 선택한 게 자연의 소리다. 자연의 소리를 들을 수 있는 휴대폰 어플리케이션으로 물소리, 새소리, 빗소리 같은 자연의 소리를 찾아서 듣곤 한다. 자연의 소리를 듣다 보면 일단 마음이 차분해지고 귀가 정화되는 느낌이 든다.
요즘은 자연의 소리뿐만 아니라 리베라, 파리나무십자가와 같은 소년 합창단의 목소리도 참 좋다. 꾸밈없이 부르는 소리에 마음이 끌리는 건 매일 마이크를 차고 스피커를 통해 나오는 큰 소리와 음향효과에 지쳤기 때문이겠지.

자연의 소리나 아이들의 티 없는 화음을 듣다 보면 여기가 천국, 이 순간이 평화로움 그 자체가 된다. 가끔 이렇게 귀도 마음도 쉬어가는 시간을 갖고 나면 다시 무대의 웅장한 음향에 적응할 수 있는 힘이 생긴다.

어떻게 보면 음악은 여자의 화장과 비슷하다는 생각이 든다. 맨 얼굴만으로도 충분이 예뻤던 소녀시절을 지나면 얼굴에 하나둘 뭔가를 그리고 붙이게 되고, 점점 나이가 들수록 화장이 진해진다. 음악도 마찬가지다. 악기 하나, 목소리 하나만으로도 충분하다고 느끼던 시절이 누구에게나 있다. 그러다 욕심이 생기다 보면 점점 화려한 기교, 웅장한 세션을 더하게 된다.
하지만 기교만으로 무대를 채울 수 없는 순간이 온다. 모든 오디션 프로그램에서 불필요한 기교를 지적하는 건 화려하게 꾸민 모습이 아닌 진짜 그 사람의 목소리를 듣고 싶기 때문이다.

처음 무대에 서서 노래를 부를 때의 나는 지금과 얼마나 다른 모습이었을까? 아마 지금의 나는 모든 걸 다 해보고 마음을 비운, 맨 얼굴로 돌아가고 싶은 시기가 된 건 아닐까 싶다. 다시 처음으로.

초연의 묘미라는 게 있다. 국내에서 처음으로 무대에 올린 작품에 참여한다는 건 그 공연에 참여한 스태프와 배우들이 새로운 기준을 제시할 수 있다는 것이다. 그중에서도 뮤지컬 <그리스>는 이지나 연출 선생님의 특별한 디렉팅으로 배우들이 함께 만들어 간 작품이었다.

뮤지컬 <그리스>는 배우 대부분이 젊고 신인이 많았기에 다 같이 모이면 청춘 시너지가 가득했다. 게다가 연출 선생님께서 배우들에게 극을 한국 정서에 맞게 변주할 수 있는 기회를 주시곤 했는데, 마치 우리는 학생 때로 돌아가 그룹별로 과제를 하듯 열심히 아이디어를 주고받으며 극을 준비했다.
원래 초연 작품은 무대에 오르기 전 대본이나 곡이 많이 수정되지만, 배우들의 아이디어와 애드리브로 극을 풍성하게 만든 건 처음이었다.

당시 우리들은 티버드 T-bird 파의 남학생 그룹과 핑크레이디 Pink-lady 파의 여학생 그룹으로 나뉘어 경쟁하듯 아이디어 회의를 했다. 시간이 가는지도 모르고 늦은 시간까지 대사를 입에 맞게 바꿔보고 동작을 새롭게 짜다가 경비 아저씨에게 쫓겨난 적도 많았다.
그렇게 연출 선생님의 배려로 우리들끼리 모여서 머리를 맞대다 보니 각각의 캐릭터에 맞게 다양하고 통통 튀는 캐릭터들이 완성됐다. 그리고 그렇게 만들어진 그때의 대본이 지금까지 후배들에게 고스란히 전해지고 있어 최근의 <그리스> 공연을 보면 왠지 뿌듯함이 앞선다.

연출이 완성된 후, 완성도 높은 작품을 만들기 위해 당시로서는 파격적인 2주간의 장기 무대 리허설도 진행했다. 그렇게 준비했던 배우와 제작진의 진심이 통했던 걸까? 프리뷰 공연은 매진의 연속이었다.
프리뷰 공연의 매진뿐인가. 뮤지컬 <그리스>는 소극장에서 시작해 대극장까지 극장을 옮기면서 점점 더 큰 무대로 진출했다. 2003년 초연 이후 점점 커지는 무대와 뜨거운 반응, 매회 객석을 채워주는 관객들을 만나는 경험은 배우에게 잊을 수 없는 벅찬 감동이다.

뮤지컬 <그리스>는 내가 공연을 마친 이후로도 지금까지 수많은 후배 스타들을 키워냈고 매 공연 관객들의 환호를 받고 있다. 1950년대 미국 고등학생들의 이야기에 지금의 관객들이 여전한 환호를 보내주는 이유는 뭘까?
난 '음악'의 힘이라고 생각한다. 시대가 지나도 변함없이 누구나 즐겁게 따라 부를 수 있는 멋진 넘버들이 있기에 뮤지컬 <그리스>의 흥행은 앞으로도 계속될 거라 믿는다.

내가 원하는 건 너야
내가 필요한 건 너야
바로 너 너뿐이야

- 샌디 덤브로스키

15년을 무대에 서면서 아찔했던 순간들이 참 많지만, 가장 아뜩했던 기억은 <그리스> 무대 위에서 넘어졌던 순간이다.
공연 중 핑크레이디 Pink-lady 파의 리더인 리조와 싸우는 장면이었다. 그야말로 주먹이 난무하는 장면이었는데 합을 맞춰야 할 순간 서로 호흡이 흐트러져 리조의 주먹을 정통으로 맞고 말았다.
그때 나는 정통 코미디처럼 주먹에 맞고 90도로 넘어가버렸다. 모두가 뇌진탕을 걱정하던 아찔한 장면이었지만 말짱하게 공연을 이어갈 수 있었던 건 타고난 몸매 덕분이었다. (끝까지 들으셔야 오해가 없습니다. 몸매 자랑이 아니라는 걸요.)

사람이 90도 각도로 뒤로 넘어가면 이론상 머리가 가장 먼저 땅에 닿아야 한다. 그러나 여기서 이론을 뛰어넘는 나의 신체적 치부가 등장한다. 바로 엉.덩.이.
지방을 과하게 품고 있던 그 부위가 머리보다 먼저 땅에 닿아 뇌진탕을 면할 수 있었다. 내 몸매의 치부가 나를 구원해준 날이었다.

기억에 남는 에피소드 중엔 티버드 T-bird 파의 남학생들 중 오리궁둥이가 별명인 로저 이야기가 있다. 엉덩이를 까는 것이 특기라고 캐릭터 설명에 나와있어서였을까? 그날 공연 중 엉덩이를 살짝 내리던 로저의 의욕이 과해 화를 부른 적이 있다. 대본에는 엉덩이를 '깐다' 정도의 지문이었는데 그의 의욕은 거의 바지를 '내렸다'를 실천하고 말았다.
그 장면에서 우리들의 대사는 "에이, 뭐야"였는데, 우리는 로저의 엉덩이를 보고 "꺄악"을 외치고 말았다. 지금이야 웃으며 기억하지만 로저도 우리들도 정말 머리털이 설 만큼 놀랐던 사건이었다.

그 외에도 화려하고 신나야 할 파티 장면에서 극장 천장에서 닭으로 오해할 만큼 큰 쥐가 떨어져 한바탕 난리치던 기억도 생생하다. 공연 자체가 매일 판타스틱한 에피소드의 향연이었던 만큼, 10년이 넘게 지났어도 뮤지컬 <그리스>는 꼭 내 청춘을 돌아보듯 아련하지만 또렷한 추억으로 남아있다.

내가 사랑하는 공연

때론 배우가 아니라 온전히 관객이 되고 싶은 순간이 있다. 내가 출연한 작품이 아니어도 관객이 되어 오롯이 작품을 즐기고 싶은 그런 순간.
그럴 때면 공연장을 찾아 선후배가 열심히 준비한 작품을 응원하고 축하하기도 하며, 한 편의 공연이 주는 카타르시스와 신선한 충격을 받기 위해 공연을 찾아 보기도 한다.

MUSICAL

맘마미아
MAMMA MIA!

초연

1999 프린스 에드워드 씨어터(Prince Edward Theatre)에서 초연
2004 예술의전당 오페라극장에서 한국 초연

작곡

베니 앤더슨(Benny Anderson) & 비욘 울배어스(Björn Ulvaeus)

작사

베니 앤더슨(Benny Anderson) & 비욘 울배어스(Björn Ulvaeus)

대표곡

Dancing Queen
Thank You for the Music

자꾸만 다시 보고 싶어지는 뮤지컬

뮤지컬 <맘마미아>는 국내 초연 때 처음 봤다. 그리고 바로 다음 날, 누가 불러준 것도 아닌데 같은 공연을 또 보러 갔다. 이유는 단순했다. 재미있어서.
그때 알았다. 같은 공연을 여러 번 보는 팬들의 마음을. 재미와 감동을 주는 뮤지컬의 매력에 빠져들면 또 찾고 다시 찾게 된다는 걸 말이다.

그룹 아바(ABBA)의 익숙한 음악들을 뮤지컬 무대에 녹이니 넘버 하나하나가 귀에 쏙쏙 들어왔다. 게다가 딸과 엄마의 교감, 우정, 사랑 등 많은 이야기를 들려줬다. 그뿐인가? 배우들의 시원시원한 연기와 공연 사이사이 숨겨진 코믹과 재치는 객석을 들썩이게 하기 충분했다.

지금도 긍정의 기운을 느끼고 싶을 때면 언제나 <맘마미아>가 떠오른다. 그리고 열심히 무대에 오르며 실력을 키우다 보면, 언젠간 내게도 뮤지컬 <맘마미아>의 무대에 오르는 영광스러운 날이 오지 않을까 기대해본다.

OPERA

라 트라비아타
La Traviata

<u>초연</u>

1853　베네치아 라 페니체 극장(La Fenice opera house)에서 초연
1948　명동 시공관에서 <춘희(椿姬: 동백 아가씨)>로 한국 초연

<u>작곡</u>

주세페 베르디(Giuseppe Verdi)

<u>작곡</u>

프란체스코 마리아 피아베(Francesco Maria Piave)

<u>대표곡</u>

축배의 노래(Brindisi)
언젠가 그 아름답던 날(Un di felice eterea)

내 인생의 오페라

바이올린을 전공하다 손을 다쳐 상심했을 때 나를 구원한 건 오페라 <라보엠> CD 한 장이었다. 엄마가 건네주신 그 CD를 듣고 성악을 전공하기로 결심했으니 오페라 <라보엠>은 내게 오페라를 만나게 해준 작품이었다.

그러나 가장 좋아하는, 가장 서보고 싶은 오페라를 꼽는다면 베르디의 <라 트라비아타>를 주저없이 선택하겠다. 물론 <라 트라비아타>는 대중적인 작품이기도 하지만, 한 여자의 굴곡진 삶을 가장 잘 보여주는 드라마틱한 작품이기 때문이다.

내가 살아오면서, 또 앞으로 살아가면서 과연 비올레타의 삶과 같은 극단적 감정들을 경험할 수 있을까? <라 트라비아타>가 아니라면 열정과 배신, 죽음과 이별 등 사랑에 대한 모든 감정이 담겨있는 스토리와 아름다운 아리아는 만나보지 못할 것 같다.

콩쿨에 나가 아리아 한 곡 불러봤던 게 전부이지만, 다양한 창법과 음색을 필요로 하는 작품이라 소프라노라면 누구나 도전하고 싶어 하는 매력적인 작품이다. 지금도 <라 트라비아타>의 모든 아리아를 다 외우고 있는 걸 보면 내 인생에 있어 꼭 한 번 도전해 보고 싶은 오페라임에 분명하다.

THE THEATER

민자씨의 황금시대

초연
2008 대학로 예술마당에서 초연

희곡
김태형

연출
김경익

연기에 대한 영감을 준 연극

<젊은 베르테르의 슬픔>을 준비할 때 대학로 연습실에 매일 출근하면서 그곳만의 열기를 경험한 적이 있다. 모두 무대에 목마르고, 무대를 사랑하는 사람들. 나는 지칠 때면 그들의 강렬한 무대를 찾아가곤 한다.

그 중에서도 연극 <민자씨의 황금시대>는 엄마 역할을 맡은 양희경 선생님의 연기를 보며 끝을 알 수 없는 연기의 깊이를 알게 된 작품이다. 어머니에 대한 기존의 고정관념을 깨는 천방지축 엄마가 우리 주변 어딘가에 한 명쯤은 있을 것 같이 느껴진 건 오롯이 양희경 선생님이 숨을 불어넣은 캐릭터였기 때문이다.

연극을 보며 배우는 건 클라이맥스의 표현방식이다. 뮤지컬에서는 절정의 순간에 노래로 감정을 표출하는데, 연극 배우는 대사와 몸짓으로 응축된 감정을 관객에게 일대일로 전달한다고 할까? 그렇게 무대 위 배우가 선물하는 뜨거운 기운을 느끼기 위해 요즘도 나는 가끔 대학로로 떠난다.

MUSICAL DAE JANG GEUM

대장금

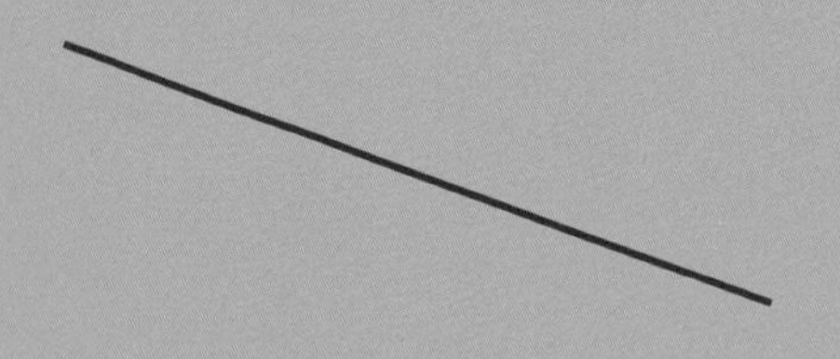

2007.05.26~2007.06.17
예술의전당 오페라극장

2007.07.10~2007.07.22
대구 오페라하우스

2007.08.25~2007.09.09
세종문화회관 대극장

초연

2007　예술의전당 오페라극장

작곡

조성우

작사

오은희

대표곡

언젠가 이곳이
미소 짓는 밧
그리운 어머니
언젠가 이곳이

MUSICAL DAE JANG GEUM

대장금

한국적인 아름다움을 보여준 뮤지컬 <대장금>은 온 국민의 사랑을 받은 54부작 드라마 <대장금>을 각색해 140분의 뮤지컬 무대에 옮긴 작품이다.
사전 제작 기간만 2년이 넘게 걸린 이 작품은 탄탄하고 강렬한 스토리뿐만 아니라 오케스트라와 국악기 협연곡 아리아로도 주목을 받았다. 영화음악 감독 조성우가 창작한 30여 곡의 아리아는 국악과 양악의 크로스오버 연주로 아름다운 선율을 담아 극의 완성도를 높였다는 평가를 받았다.

또한 60억 원이라는 한국 뮤지컬 사상 최고의 제작비가 투입된 만큼 조선시대 궁궐과 제주도의 풍경을 생생하게 재현한 무대와 화려한 궁중 의상을 통해 한국 전통의 아름다움을 완벽하게 표현했다.

JangGeum
장금 역

하나를 배우면 열을 깨우치는 아이인
장금이는 어머니의 유언을 따르기 위해
궁녀가 된다. 궁궐 내 암투에 휘말려
모함을 받아 관노가 되지만, 주어진 환경과
신분에 굴하지 않는 끈기와 노력으로
의녀가 되어 궁에 다시금 입성한다.
어머니와 같은 한상궁의 보살핌과
변함없는 사랑과 지지를 보내는 민정호의
믿음을 자양분 삼아 '대장금'의 칭호를
하사 받는 결연한 의지의 캐릭터이다.

언젠가 이곳이

여행에 대한 기억이 별로 없다. 여행을 참 좋아하는데도 말이다. 그래서 항상 작품이 끝날 때쯤이면 이번 작품만 끝나면 어딘가로 꼭 여행을 떠나리라 다짐하지만 생각처럼 쉬운 일이 아니었다. 매번 마음먹고 여행 가고 싶은 곳까지 다 정해놓지만 번번이 무산되곤 했으니까.
한 작품이 끝나고 그 다음 작품에 들어가기까지 일주일 넘게 쉬어본 적이 별로 없다. 고작 이틀 쉬고 다시 새 작품에 들어간 적도 허다했고 심지어 두 작품 사이에 쉬는 기간이 없던 적도 있다.

돌아보면 나는 '잘' 쉬는 법을 몰랐던 것 같다. 일주일의 휴가가 주어져도 이틀 정도 부족한 잠을 보충하고 나면 그 이후부터는 괜히 불안한 마음에 마냥 쉬는 게 편치 않았다. 연습을 나가야 할 것 같고 무대에 서야 불안함이 없어질

것 같았다.

그렇게 꼼짝 않고 지내다 보니 여동생이 이민을 간 지 7년이 되도록 어떻게 지내는지 찾아가 보질 못했다. 세상에 이렇게 무심한 언니가 또 있을까? 그러다가 드디어 올해 계획만 하던 일을 실행에 옮겼다. 마침 동생이 있는 곳에서 얼마 떨어지지 않은 곳에 일이 생기기도 했다.

남편과 아들, 친정 부모님까지 모시고 독일로 떠났다. 20년 넘게 나와 함께 자라고 살던 여동생이 다른 나라에서 터전을 잡고 사는 걸 직접 보는 아주 특별한 경험이었다. 동생이란 존재는 나이가 몇이든 어리고 보호해줘야 할 것 같은 느낌이 드는데, 타국에서 잘 자리 잡고 제 일을 하며 열심히 살고 있는 동생을 보니 어찌나 기특하고 뿌듯하던지.

나의 독일행은 눈앞의 다음 작품밖에 모르며 살아온 나에게 변화를 주는 계기가 되기도 했다. 빈 뮤지컬을 몇 편이나 해왔으면서 본고장을 너무 늦게 찾아왔다는 자책, 그리고 일대기 뮤지컬을 여러 편 하고서도 극 중 그녀들이 실제로 살았던 궁과 극의 배경 도시를 찾지 않았다는 반성의 시간이기도 했다.

이곳을 떠나기
한 걸음 물러나 지켜보기
다른 공기에 취해보기

공연과 콘서트 때문에 여행을 취소하는 게 다반사였던 내가 앞으로 꼭 실행해야할 일들이다. 아무리 자료와 책을 달달 외워도 현장에서 느끼는 감흥은 분명 다르다. 짧은 시간 안에 풍성한 감정을 키울 수 있는 배우의 자양분은 여행이란 걸 한동안 잊고 살았다.
떠나기에 너무 늦은 때는 없다. 무대를 가득 채우는 배우가 되기 위해 부지런히 짐을 싸야겠다.

인생의 맛 / 어머니의 편지

반짝이고 화려한 서양 복식과 소품에 익숙했던 내게
대장금의 소품들은 단아한 한국의 미가 느껴져
하나하나 귀하고 소중했다.
수라간 나인이었던 장금이에게
어머니가 물려주신 레시피는
대대로 내려온 비전(祕典) 같은 것이었는데
고운 글씨와 정교한 그림이
정갈하게 한지에 쓰여있어 지금까지 간직하고 있다.

미소 짓는 맛

수라간을 쥐락펴락했던 대장금을 연기했던 나지만 내 요리 솜씨는 이미 SBS <오 마이 베이비> 프로그램을 통해 어느 정도 정체가 드러났다. 객관적으로 평가하자면 내 요리 실력은 평범한 수준이다. 가족들에게 그저 건강한 세 끼 집밥을 차려줄 수 있을 정도. 하지만 나에게도 자신 있는 요리가 있다. 그건 바로 '갈비찜'.

한식은 원래 손이 많이 간다지만 갈비찜은 그중에서도 만만치 않은 음식이다. 그래서 잔치나 행사에만 등장하는지도 모르겠다. 내가 갈비찜을 자신 있어 하는 건 정말 사랑하고 아끼는 사람에게 대접할 때만 마음먹고 하는 요리기 때문이다.

가족들의 생일이나 양가 어머님, 아버님의 생신 때 잊지 않고 준비하는 나만의 갈비찜은 요소요소에 사랑이 가미된다. 여기서 말하는 사랑이란 다름 아닌 정성!
사랑이 충만할수록 갈비 구석구석 붙어있는 기름을 많이 떼어낼 수 있다. 꼼꼼하게 핏물을 빼는 정성 역시 사랑해야 가능한 일이다.
그뿐인가? 갈비찜으로 사랑을 증명하려면 고명도 많이 들어가야 한다. 밤, 은행, 대추를 포함해 들어가는 모든 재료를 예쁘게 다듬어 넣는다.

분명 사서 먹는 음식들이 더 싸고 간편하다. 게다가 공연 기간과 겹치면 갈비찜처럼 손이 많이 가는 음식을 한다는 것 자체가 부담스러운 게 사실이다.
그럼에도 내가 갈비찜을 만드는 이유는 갈비찜을 만드는 날은 행복한 날이기 때문이다. 무언가를 기념하고, 기억하고, 축하하는 날! 작지만 따뜻한 한 그릇에 내 마음을 담아 전할 수 있다면, 그건 힘들지만 기분 좋은 수고가 아닐까?

정성과 사랑이 들어가지 않으면 만들 수 없는 요리.
애써서 만들고 나면 기분 좋아지는 갈비찜은 우리 집 잔칫날 특식이자 소심한 내가 누군가를 사랑한다는 메시지를 담은 음식이다.
다만, 드시는 분보다 만든 내가 더 미소 짓는 음식이란 건 함정!

뮤지컬 <대장금>을 생각하면 유난히 길었던 오디션 과정이 떠오른다. 사실 한복 입은 내 모습이 어색하지 않을까 싶은 생각에 많은 고민을 하다가 오디션에 참여했고, 오디션 과정 중에도 과연 내가 할 수 있을까 하는 고민이 발목을 잡았던 작품이었다.
그런데 오디션 기간이 길어지다 보니 점점 오기가 생겼다고 할까? 장금이 역할에 더 욕심이 생기면서 도전의식이 불끈 샘솟았다. 워낙 대형 프로젝트인데다가 오랜 사전 제작 기간과 원작의 인기까지, 오디션이 길어질 수밖에 없었다. 하지만 오디션이 길어지면 그걸 따라가야 하는 배우들은 힘에 부치는 게 사실이다.

뮤지컬 <대장금>은 개개인에 대한 오디션을 기본적으로 진행하면서 상대 배우와 이미지를 맞춰보는 이미지 오디션과, 배우들 간의 합을 맞춰보는 과정까지 진행됐다. 이런 과정들이 길어지자 힘들어 포기하고 싶은 순간도 있었지만, 오디션이 배우에게 얼마나 중요한 시간인지 알기에 마음을 다잡았다. 지나고 생각해보니 오디션 기간은 내가 단순히 평가를 받는 시간이 아니라 내가 스스로 그 배역에 스며드는 시간이었다.

그렇게 긴 도전 끝에 세 명의 장금이 중 한 명으로 뽑혔다. 기쁜 마음에 안도하는 것도 잠깐, 오디션을 마치자 나에겐 다시 두 가지 과제가 주어졌다. 첫 번째는 당시 사극을 처음 하는 것이었기에 극 자체에 대한 낯섦을 극복하는 것이었고, 두 번째는 이미 국민 드라마로 자리 잡은 원작의 이미지를 깨는 것이었다. 특히 '장금이 = 이영애'라는 이미지는 나에게 거대한 벽과도 같았다. 원작의 이미지를 어떻게 끌고 가야 할지 막막했다.

긴 고민 끝에 결론을 내렸다. 대다수의 분들이 갖고 있는 고정관념을 깨는 것보다 '뮤지컬 장금이 = 김소현'이란 새로운 인식을 만들자고. 어차피 난 아무리 노력해도 이영애 씨가 될 수는 없으니 말이다.

드디어 뮤지컬 <대장금>의 막이 올랐다. 작품이 공개되자 칭찬과 혹평이 동시에 쏟아졌다. 화려한 무대와 군무, 아름다운 의상과 세트에 대한 칭찬도 있었지만 진수성찬처럼 보이는 거나한 밥상에 입맛에 맞는 반찬은 없다는 혹평도 있었다.
특히 극의 빠른 전개에 대해 드라마를 보지 못한 관객은 내용을 따라가기 어려울 정도였다는 평들이 많았다. 그도 그럴 수밖에, 드라마 54부작 분량의 긴 서사를 140분이란 짧은 시간으로 압축하다 보니, 스토리의 빠른 전개는 관객들에게 롤러코스터를 탄 듯한 초스피드 대하사극이라는 큰 숙제를 안겨드리고 말았다. 극을 만드는 우리가 좀 더 친절하게, 드라마와는 별개로 관객들이 <대장금>이란 뮤지컬의 스토리를 따라갈 수 있게 했다면 어땠을까 하는 아쉬움이 있다.

그래도 나는 초연, 그리고 창작극에 대한 혹평보다는 애정 어린 기대를 많이 해주셨으면 하는 바람이 있다. 지금 브로드웨이와 웨스트엔드의 대단한 뮤지컬들도 초연과 지금의 무대는 엄청난 차이가 있다.
초연 무대는 아무리 꼼꼼하게 준비해도 극을 진행하다 보면 부족한 부분이 눈에 보이기 마련이다. 특히 <대장금>과 같은 창작 뮤지컬인 경우는 더하다. 그렇기 때문에 부족한 부분은 수정을 더하고 새로운 넘버를 넣어 극의 완성도를 높여가는 과정이 필요하다. 제아무리 뛰어난 작품들도 수많은 수정과 보완을 거쳐 오늘날에 이르게 되는 것이다.

그래서일까? 나는 초연 작품에 대한 애정이 남다르다. 칭찬을 받을지, 질타를 받을지 아무것도 모르는 상태에서 캐릭터를 만들어가고, 새 넘버를 익히는 그 모든 과정의 생경함이 주는 긴장의 묘미가 있다.
밤사이 소복하게 쌓인, 아무도 걷지 않은 눈길을 처음 걷는 것처럼 초연의 길은 설렘이 있다. 다만, 그 길 끝에 환호가 있을지 야유가 있을지는 세상의 어떤 배우도 예상하지 못한다. 마치 인생처럼.

작품에도 인연이란 것이 있는 것 같다. 드라마 <대장금>의 열혈 시청자였던 나는 뜻하지 않게 OST 작업에 참여하게 되어 'Legend Becomes History'라는 곡을 불렀었다. 물론 '오나라'의 강렬한 입지에 밀려 많은 분들이 기억하는 곡은 아니지만, 나에게 참 의미 있는 작업이었고 좋아하는 드라마의 수록곡을 불렀다는 긍지도 있었다. 그런 내가 <대장금>의 뮤지컬 작품 오디션에 참가해 다름 아닌 장금이가 되다니 감회가 새로울 수밖에.

초연인 작품, 그것도 첫 공연은 언제나 긴장이 배가된다. 그중에서도 뮤지컬 <대장금>의 첫 공연은 아직도 잊을 수 없다. 드라마가 원작인 뮤지컬이고, 원작의 인기가 상상을 초월했기에 캐릭터를 세우는 데 더 많은 노력이 필요했던 작품이었다.
게다가 드라마 <대장금> 출연진분들이 객석에 앉아 계신 걸 보니 더 큰 부담감이 밀려왔다. 첫 공연에 힘을 실어주러 와주신 그 분들의 귀한 발걸음과 마음이 감사했고, 매의 눈으로 공연을 지켜보고 계시니 긴장감에 바들바들 떠는 장금이의 모습을 보여드릴 순 없었다.

사실 장금은 내가 연기했던 수많은 캐릭터 중 도드라지게 확실한 직업을 가진 여성이었다. 당시 내가 맡았던 배역들은 대부분 직업보다 신분을 가진 여성들이었는데, 장금이는 무려 두 개의 전문 직업을 가진 캐릭터였다. 수라간의 슈퍼스타 장금이가 신의 손 의녀가 되는 연기를 실감나게 하기 위해 한의사분을

Musical Dae Jang Geum

찾아가 시침법, 즉 침(鍼)을 놓는 법까지 배워온 나였다.

열심히 준비한 대로 의욕 넘치게 마음껏 쏟아내고 보니, 어느새 첫 공연의 막이 내려오고 있었다. 흥분과 안도감이 동시에 느껴졌고, 그제야 박수를 쳐주고 계신 관객분들과 드라마 <대장금> 출연진분들이 눈에 들어왔다.
그렇게 무사히 첫 무대를 마쳤지만, 첫 공연 이후에도 <대장금> 무대는 언제나 긴장의 연속이었다. 배우에겐 늘 모든 무대가 긴장과 노력의 연속이지만, 뮤지컬 <대장금>은 특히 오시는 관객들 대부분이 원작 드라마를 보고 오신 분들이었기에, 매 공연 더 큰 감동을 전해드리고 싶어 아등바등 노력했던 기억이 남아있다.

지나고 생각해보니
오디션 기간은
내가 단순히 평가를 받는
시간이 아니라
내가 스스로 그 배역에
스며드는 시간이었다

ROMEO ET JULIETTE, DE LA HAINE A L'AMOUR

로미오 앤 줄리엣

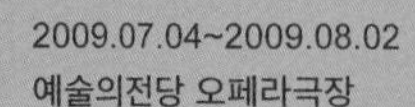
2009.07.04~2009.08.02
예술의전당 오페라극장

초연

2001 프랑스 팔레 드 콩그레(Palais des Congrès) 극장에서 초연
2009 예술의전당 오페라극장에서 한국 초연

작곡

제라르 프레스귀르빅(Gérard Presgurvic)

작사

제라르 프레스귀르빅(Gérard Presgurvic)

대표곡

사랑한다는 건(Aimer)
언젠가(Un Jour)
세상의 왕들(Les Rois du Monde)

ROMEO ET JULIETTE, DE LA HAINE A L'AMOUR

로미오 앤 줄리엣

뮤지컬 <로미오 앤 줄리엣>은 셰익스피어의 4대 비극이자 400년을 이어온 비극적 사랑의 대표작 『로미오와 줄리엣』을 프랑스 뮤지컬의 대부 제라르 프레스귀르빅이 뮤지컬로 완성한 작품이다. 2001년 프랑스 초연 이후 <노트르담 드 파리>, <레딕스 십계>와 함께 프랑스 3대 뮤지컬로 자리매김했다.

작품성과 흥행성을 갖춘 프랑스 최고의 작품으로 평가 받는 뮤지컬 <로미오 앤 줄리엣>은 2009년 여름, 국내에서 전 세계 첫 라이선스 초연 무대를 한국어로 올렸다. 라이선스 작품임에도 불구하고 프랑스 뮤지컬 원작에 한국적인 정서를 가미하여 오리지널 공연과 차별을 두었고, 전문 댄서들의 군무 장면을 춤과 노래를 모두 소화하는 앙상블 공연으로 바꿔 더 큰 감동을 주었다.

Juliette

줄리엣 역

줄리엣의 아버지는 딸을 영주의 조카이자
재력가인 파리스 백작과 결혼시키려고
한다. 파리스 백작과 만나게 하기 위해
가면무도회를 준비하지만 그날 줄리엣이
만난 남자는 원수의 아들 로미오.
그곳에서 로미오와 줄리엣은 첫눈에 반하게
된다. 원수 가문의 아들과 딸의 만남이기에
모두의 반대에 부딪히지만 사랑을 지키기
위해 죽음도 불사하는 캐릭터이다.

AIMER

사랑한다는 건

배우들은 오디션을 거치고 대본과 넘버를 익혀 리허설을 하기까지 수개월 동안 그 작품 속에 빠져 지낸다. 이 기간 동안 배우들은 만나기만 하면 작품에 대한 이야기를 나누는데, 잠든 시간 외에 대부분의 시간을 함께 보내다 보니 정말 많은 대화를 하게 된다. 우리끼리만, 그러니까 배우들 간의 소통이 이어지는 것이다.

그러다 보니 무대에 오르기 전까지 우린 우물 밖 세상은 모르는, 작품이라는 우물 안 개구리들이다. 그렇게 지내다가 어느덧 무대에 오를 시간이 오면 나는 회의에 빠지곤 한다.

'지난 몇 개월 동안 내가 연습한 게 맞는 걸까?'

'이렇게 느끼고 이렇게 표현하는 게 과연 작품을 잘 이해한 것일까?'

그래서 나는 인터뷰를 좋아한다. 더 정확히 말하자면 사생활이나 개인사를 묻는 인터뷰가 아닌, 작품에 대한 이야기를 할 수 있는 인터뷰를 좋아한다.
작품 홍보를 위해 인터뷰를 하다 보면 고구마 두 개를 빽빽하게 먹고 있다가 시원한 사이다를 마신 것 같이 속이 후련해진다. 객관적인 외부의 시선으로 작품에 대한 질문을 받다 보면 머릿속 엉켜있던 질문들이 서서히 답을 찾아간다. 캐릭터에 대한 분석부터 우리 무대 전반에 대한 세밀한 질문들은 때때로 생각하지 못한 넓은 시야를 선물해주기도 한다.
그렇게 대화를 이어가다 보면 질문하는 분들보다 내가 더 신나서 작품 얘기에 빠져들게 되는데, 바로 그 순간이 좋다. 어떻게 보면 인터뷰는 내 이야기를 들려드리는 시간이 아니라 질문을 통해 스스로의 연기와 작품을 보는 시선을 정리하는 시간이라고 할 수 있다. 그래서 인터뷰에 더 성실하게 임하게 되고 인터뷰를 거듭하면서 좀 더 많은 것들을 배우고 느끼게 된다.

내 자신의 겉과 속마음, 또 나도 몰랐던 내재된 생각까지 마치 카운슬링을 받는 느낌이 들어 인터뷰를 하다 보면 차곡차곡 공연 전 생각을 정리하게 된다. 그래서 나는 앞으로도 언제나 즐거운 마음으로 인터뷰에 나설 것이다. 나에게 공연 전 인터뷰는 최종 점검과도 같은 것이니까.

사랑 아름다운 것
사랑 숨쉰다는 것
불처럼 타오르는 그 사랑
가장 위대한 것

- 줄리엣

핏빛 아름다움 / 줄리엣의 장미꽃

원수이자 앙숙인 두 가문은
무대에서 각각 블루와 레드로
극명하게 대비되었다.
그래서 부케를 대신해 신부의 손에 있던 붉은 장미도,
뜨거운 사랑과 비극을 상징하는 줄리엣의 붉은 드레스도,
공연 당시에는 캐플릿 가문의 컬러로만 생각했는데
어쩌면 그들의 슬픈 운명을 예견한 복선이 아니었을까?

세상 모두가 반대할지라도
둘만의 결혼으로 꽃길만 걸었으면 했다.
그러나 꽃다운 그들에게 펼쳐진 잔혹한 미래는
줄리엣의 빨간 장미에서 시작됐는지도 모른다.

어디에서나 흔히 보이는 저 빨간 장미가
<로미오 앤 줄리엣> 이후 괜스레 슬퍼보였던 건
작품 속 두 사람의 어긋난 운명이 생각나기 때문이다.

UN JOUR / 언젠가

언젠가 나도 더 이상 뮤지컬 배우란 수식어를 들을 수 없는 날이 올 것이다. 언제까지라도 무대에 오르고 싶지만 그 시기를 정하는 건 내 몫이 아닌 것도 알고 있다. 아직은 감사하게도 무대와 관객이 불러주시니 좋은 작품, 멋진 공연을 하고 있다.
가끔 10년 후 나의 모습에 대한 질문을 받곤 하는데, 그때마다 어떻게 대답해야 할지 고민에 빠진다. 10년 후엔 내가 어떤 배우가 될지, 어떤 모습이 되어있을지 어느 누구도 알 수 없는 것 아닐까? 당장 이번 공연 후 다음 공연도, 올해가 지나고 내년의 내 모습도 알 수 없는 게 배우의 삶이니 말이다.

배우의 운명을 또 한 번 확인했던 건 임신과 출산으로 무대를 떠나있던 때였다. 나에게 찾아온 아이는 크나큰 축복이었기에 하루하루를 감사한 마음으로

보냈다. 하지만 배우로서 나의 삶은 끝난 것만 같았다. 마치 모두가 빠르게 걸어가는 길에서 나만 멈춘 느낌이었다.
시간이 지날수록 불안한 마음이 들었고, 이대로 아이만 기다리며 멈춰있는 게 아이를 위해서도 좋을 것 같지 않았다. 뭐든 열심히 하는 엄마의 모습이 태교일거라 생각하고 더 부지런히 움직이기 시작했다.
그동안 바쁜 공연 스케줄을 핑계로 미뤄왔던 논문도 완성하고, 아이를 낳기 열흘 전까지 노래 부르는 걸 멈추지 않았다. 그렇게 파이팅 넘치는 만삭의 산모일 수 있었던 건 출산만 하면 곧바로 무대에 설 수 있을 거란 믿음 때문이었다.

모든 산모가 공감하는 부분이지만, 나는 아이만 태어나면 배가 다시 홀쭉하게 예전처럼 돌아오는 줄 알았다. 그런데 출산 후에도 임신하면서 늘어난 몸무게는 그대로였고 배는 전혀 들어갈 기미가 보이지 않았다. 분명 내 품에 아이가 안겨있는데 뱃속에 아이가 또 있는 듯한 느낌.
그런 이유로 점점 불안해지는 나를 제대로 자극한 건 아이를 낳고 3주 정도 지났을 때쯤 외출 중 만난 지인의 한마디였다. 그분은 악의 없이 던진 말이었겠지만, 내겐 너무나도 아픈 말이었다.

"건강하고? 그런데 아이는 언제 나오니?"

지금도 그때를 기억하면 충격이 그대로 살아난다.

아이를 안고 나가지 않으면 내가 출산한지 모를 정도라면, 다시 무대에 설 수 없는 건 아닐까? 그렇게 배우의 삶은 당연한 듯 끝나버리는 건 아닌지 벼랑 끝에 선 기분이었다.
그날 이후 나는 매일 2시간씩 동네를 걸었다. 전속력으로, 이를 물고, 쉬지 않고 걸었다. 그렇게 현관문을 열고 나가 움직이지 않으면 영원히 집 안에만 머물게 될 것 같았다.
게다가 당시 나에겐 무대에 오를 수 있는 몸을 만드는 것도 중요했지만, 자신감을 회복하는 것이 더 간절했다. 복귀에 대한 부담감을 떨치고 다시 무대에 설 수 있다는 자신감이 필요했다.

그런 간절한 마음으로 멈추지 않고 걷고 또 걸은 결과, 6개월 만에 몸무게는 예전으로 돌아왔다. 좀 더디긴 했지만 바닥난 자신감과 자존감도 회복했다.
어쩌면 사람들에겐 그저 출산 후 다이어트 과정으로 보였겠지만, 나에겐 고된 순례길과도 같은 여정이었다. 지치고 힘들어 울고 싶어도 멈출 수 없는 길.
돌아가고 싶은 무대를 향해 걸음을 내딛었던 그때의 여정은 배우로 살아가는 방법을 또 하나 깨우치게 했다.

10년 후 내가 어떤 사람이 되어있을지, 여전히 무대에 오를 수 있을지는 잘 모르겠다. 그러나 지금까지 그래왔던 것처럼 나를 기다리는 무대를 위해 걷고 또 걸을 것이다.

<로미오 앤 줄리엣>은 비극적인 사랑을 그린 뮤지컬이지만 커튼콜 때만큼은 엄청난 박수갈채와 환호를 받았다. 대부분의 관객들이 기립해서 환호를 보내주셨고, 두 번을 고쳐 죽고 슬픈 사랑에 울부짖다가 나온 나로서는 그 축제의 현장에 금방 녹아들지 못할 만큼 신나는 현장이었다. 그건 아마도 프랑스 뮤지컬만이 갖고 있는 콘서트 같은 분위기 때문이 아니었을까?

대부분의 프랑스 뮤지컬은 대사 없이 음악으로만 구성된 송스루 뮤지컬이 많다. <로미오 앤 줄리엣>은 프랑스 뮤지컬 중에서도 지나치게 넘버에 편향되지 않은 중립적인 느낌을 주는 작품이었는데, 몽환적이면서도 감미로운 넘버가 많아서 무대와 함께 취하게 되는 매력이 있다. 게다가 로미오와 줄리엣의 주변 캐릭터들은 면면이 화려했고, 시선을 사로잡은 칼 군무는 관객들을 사로잡기 충분했다. 사랑이 비극적으로 끝났음에도 관객들의 축제와 같은 환호가 멈추지 않는 데는 이유가 있는 것이다.

뮤지컬은 어느 지역에서 제작되었는지에 따라 성격이 달라진다. 같은 유럽의 뮤지컬이라도 프랑스 뮤지컬과 빈 뮤지컬도 조금 차이가 있다. 프랑스 뮤지컬은 대부분 송스루 뮤지컬이고 극적인 요소보다는 쇼에 치중하는 반면, 빈 뮤지컬은 역사적인 사건, 혹은 이미 많은 이들이 공감할 수 있는 원작을 선택해 무게감을 잃지 않는 극적인 연출로 정평이 나있다.
그런가 하면 우리나라 뮤지컬은 한국의 아름다움을 담은 대작 역사극이나 트

렌드를 반영한 로맨틱 코미디 작품들이 주를 이룬다. 그야말로 개인의 취향에 맞춰 작품을 골라보는 시대가 온 것이다.

그러나 뮤지컬을 고르는 최고의 기준이자 현실적인 기준은 좋아하는 배우를 찾아보는 데 있는지도 모르겠다. 같은 배우의 같은 작품이라도 단 한 번도 똑같은 공연이란 있을 수 없으니 말이다. 그렇게 매회 다른 공연을 보여주는 것이 뮤지컬의 진짜 매력이니까.

'아, 무대 뒤 세상에서도 무대 위에서처럼 우아하고 싶다.'
드레스를 펄럭이며 무대 뒤를 뛰어다닐 때마다 드는 생각이다. 짧은 시간 안에 분장과 의상을 바꾸고 세트 이곳저곳을 이동해야 하니, 어쩌면 뮤지컬 배우가 갖춰야 할 덕목 중 하나는 빠른 몸놀림일지도 모르겠다. 첫사랑에 흠뻑 도취된 아리따운 줄리엣 역시 만만치 않게 잽싼 몸놀림을 필요로 했다.

<로미오 앤 줄리엣> 하면 바로 떠오르는 건 발코니 장면이다. 발코니에서 사랑을 고백하고 밀당의 시어(詩語)를 주고받으며 소년, 소녀가 알콩달콩 사랑을 키워가는 장면이다.
그러나 현실 세계의 줄리엣은 운명의 발코니를 오르내리기 위해 치렁치렁한 드레스 자락을 붙잡고 사다리 같은 계단을 힘겹게 오르락내리락 해야 했다. 서두르다가 발을 헛디뎌서 계단에서 내려오는 게 아니라 우당탕탕 미끄러진 게 한두 번이 아니다.

하지만 고생이 줄리엣만의 몫은 아니었다. 이 작품에 나오는 거의 모든 배우가 그 정도 부상은 훈장처럼 안고 다녔다. 워낙 앙상블의 군무나 액션이 시원시원해서 무대 의상에 무릎 보호대가 포함될 정도였으니, 사다리 정도는 기쁜 마음으로 탈 수 있었다. 심지어 드레스는 멍을 가리는 데에 탁월한 의상이니 더할 나위 없었다.

filmography

뮤지컬	2001.12.02~2002.06.30	서울 LG아트센터
오페라의 유령	2009.09.23~2010.08.08	서울 샤롯데씨어터
크리스틴 다에	2010.10.21~2011.01.02	대구 계명아트센터

뮤지컬	2002.8.23~2002.09.04	서울 세종문화회관 대극장
웨스트 사이드 스토리		
마리아		

뮤지컬	2003.06.07~2003.06.29	서울 예술의전당 CJ 토월극장
그리스	2003.08.08~2003.11.16	서울 동숭아트센터 동숭홀
샌디	2006.08.24~2006.09.09	서울 국립극장 해오름극장
	2006.11.17~2006.12.25	서울 나루아트센터 대공연장

뮤지컬	2003.10.17~2003.11.19	서울 연강홀
젊은 베르테르의 슬픔	2003.11.28~2003.12.07	서울 예술의전당 CJ 토월극장
롯데		

뮤지컬	2004.03.04~2004.04.01	서울 예술의전당 CJ 토월극장
고고비치		
민디 친칠라		

뮤지컬	2004.07.24~2004.08.21	서울 코엑스 오디토리움
지킬 앤 하이드	2004.12.24~2005.02.14	서울 코엑스 오디토리움
엠마 커루	2008.11.11~2009.02.22	서울 LG아트센터
	2009.03.20~2009.03.22	대전 예술의전당
	2009.04.10~2009.04.12	대구 오페라하우스
	2010.11.30~2011.08.28	서울 샤롯데씨어터

뮤지컬
2005.03.14 ~ 2005.06.05 서울 정동 팝콘하우스

아가씨와 건달들

사라 브라운

뮤지컬
2005.11.18~2006.01.15 서울 충무아트센터 대극장

피핀

캐서린

뮤지컬
2006.01.01~2007.04.30 서울 한성아트홀

사랑은 비를 타고

유미리

뮤지컬
2006.06.27~2006.08.13 서울 충무아트센터 대극장

브루클린

브루클린

연극
2007.01.06~2007.02.04 서울 유니버설아트센터

하루

민연두

뮤지컬
2007.05.26~2007.06.17 서울 예술의전당 오페라극장
2007.07.10~2007.07.22 대구 오페라극장
2007.08.25~2007.09.09 서울 세종문화회관 대극장

대장금

서장금

연극 | 2007.09.05 ~ 2007.10.21 | 서울 대학로 설치극장 정미소
미친키스
신희

연극 | 2008.01.08~2008.03.30 | 서울 대학로 더굿씨어터
실연남녀
윤지아

방송 | 2007~2008 | SBS
왕과 나

뮤지컬 | 2008.08.22~2008.09.14 | 서울 세종문화회관 대극장
마이 페어 레이디
일라이자 두리틀

뮤지컬 | 2009.07.04~2009.08.02 | 서울 예술의전당 오페라극장
로미오 앤 줄리엣
줄리엣

뮤지컬	2009.05.12~2009.06.02	서울 충무아트센터 대극장
삼총사	2009.06.26~2009.06.28	대구 계명아트센터
콘스탄스	2011.11.03~2011.12.18	경기 성남아트센터 오페라하우스
	2011.12.23~2011.12.28	대구 오페라하우스
	2013.02.20~2013.04.21	서울 충무아트센터 대극장
	2013.05.03~2013.05.12	부산 센텀시티 소향씨어터 신한카드홀
	2013.07.05~2013.07.07	대구 계명아트센터

방송
스타오디션 위대한 탄생3
2012~2013 MBC

뮤지컬
엘리자벳
엘리자벳

2013.07.26~2013.09.07 서울 예술의전당 오페라극장
2013.09.14~2013.09.15 부산 문화회관 대극장
2013.09.21~2013.09.22 대구 계명아트센터
2013.09.28~2013.09.29 광주 문화예술회관 대극장
2013.10.19~2013.10.20 창원 성산아트홀 대극장

방송
불후의 명곡
2013~현재 KBS

뮤지컬
태양왕
프랑소와즈

2014.04.08~2014.06.01 서울 블루스퀘어 삼성전자홀
2014.06.28~2014.06.29 대전 예술의전당 아트홀
2014.06.14~2014.06.15 대구 계명아트센터
2014.06.21~2014.06.22 광주 문화예술회관 대극장
2014.07.18~2014.07.20 고양 아람누리 아람극장

뮤지컬
위키드
글린다

2014.06.12~2014.10.05 서울 샤롯데씨어터

방송
오! 마이 베이비
2014~2016 SBS

뮤지컬
마리 앙투아네트
마리 앙투아네트

2014.11.01~2015.02.08	서울 샤롯데씨어터
2015.02.28~2015.03.01	대전 예술의전당 아트홀
2015.03.07~2015.03.08	대구 계명아트센터
2015.03.14~2015.03.15	김해 문화의전당 마루홀

뮤지컬
명성황후
명성황후

2015.07.28~2015.09.10	서울 예술의전당 오페라극장
2015.09.18~2015.09.19	제주 아트센터
2015.10.09~2015.10.10	인천 종합문화예술회관 대공연장
2015.10.17~2015.10.18	창원 성산아트홀 대극장
2015.10.24~2015.10.25	천안 예술의전당 대공연장
2015.10.31~2015.11.01	여수 GS칼텍스 예울마루 대극장
2015.11.07~2015.11.08	군포 군포시문화예술회관 수리홀
2015.11.13~2015.11.14	울산 현대예술관 대공연장
2015.11.20~2015.11.21	경기 광주 남한산성아트홀 대극장
2015.12.05~2015.12.06	거제 문화예술회관
2015.12.12~2015.12.13	부산 시민회관 대극장
2015.12.19~2015.12.30	대구 계명아트센터
2016.01.22~2016.01.23	전남 광주 문화예술회관 대극장
2016.01.29~2016.01.30	이천 아트홀 대공연장
2016.02.20~2016.02.21	김해 문화의전당 마루홀
2016.02.27~2016.02.28	수원 경기도문화의전당 행복한대극장
2016.03.11~2016.03.13	일산 고양아람누리 아람극장
2016.03.19~2016.03.27	성남 아트센터 오페라하우스

뮤지컬
바람과 함께 사라지다
스칼렛 오하라

2015.11.17~2016.01.31	서울 샤롯데씨어터

뮤지컬	2016.06.10~2016.08.07	서울 세종문화회관 대극장
모차르트!	2016.08.20~2016.08.21	대구 계명아트센터
발트슈테텐 남작부인	2016.08.27~2016.08.28	광주 문화예술회관 대극장
	2016.09.03~2016.09.04	김해 문화의전당 마루홀

뮤지컬	2016.11.26~2017.02.26	서울 블루스퀘어 삼성전자홀
팬텀		
크리스틴 다에		

Thanks to

뮤지컬 한 편을 무대에 올리기 위해
무대 뒤에서 땀 흘리시는 스태프, 관계자분들,
무대 위에서 함께 울고 웃는 배우분들,
그리고 15년 동안 나에게 힘이 돼준 팬들,
이 책을 위해 물심양면으로 애써주신 분들,
마지막으로 사랑하는 가족들에게
깊은 감사의 마음을 전합니다.

THINK OF ME

초판 인쇄 | 2016년 10월 24일
초판 발행 | 2016년 11월 1일

지은이 | 김소현
펴낸이 | 김희연
펴낸곳 | 에이엠스토리(amStory)

책임편집 | 김승윤
편집 | 정지혜, 허윤선
원고 정리 | 황정아
사진 제공 | EMK뮤지컬컴퍼니, 오디컴퍼니, 설앤컴퍼니, 에이콤인터내셔날, 심주호, 박혜원
홍보·마케팅 | ㈜에이엠피알(amPR)
디자인 | HONGDAN
인쇄 | ㈜상지사P&B

출판 신고 | 2010년 1월 29일 제2011-000018호
주소 | (100-042) 서울특별시 중구 소파로 129(남산동 2가, 명지빌딩 신관 701호)
전화 | (02) 779-6319
팩스 | (02) 779-6317
전자우편 | amstory11@naver.com
홈페이지 | www.amstory.co.kr
ISBN | 979-11-85469-07-2 [03810]